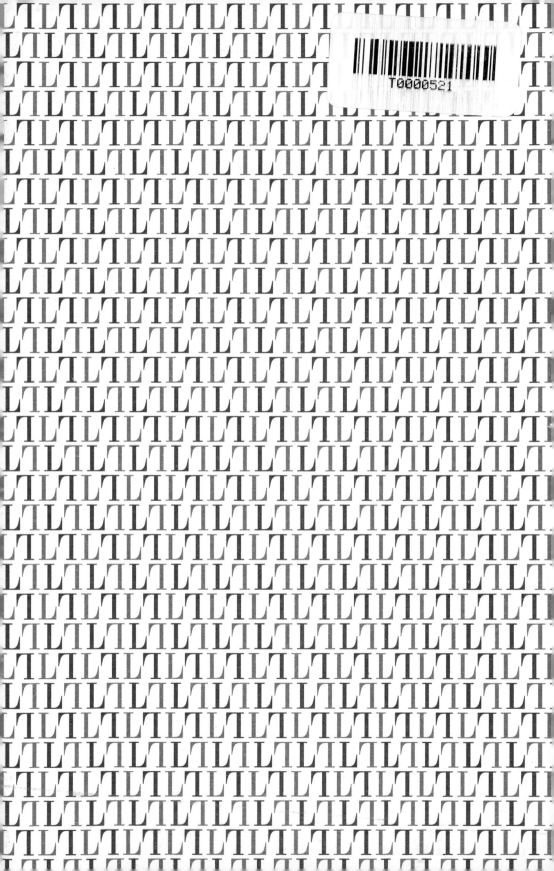

T0000521

La última cabaña

La última cabaña

Yolanda Regidor

Lumen

narrativa

Papel certificado por el Forest Stewardship Council®

MIXTO
Papel procedente de
fuentes responsables
FSC® C117695

Penguin
Random House
Grupo Editorial

Primera edición: marzo de 2022

© 2022, Yolanda Regidor
Autora representada por Silvia Bastos, S. L., Agencia Literaria
© 2022, Penguin Random House Grupo Editorial, S. A. U.
Travessera de Gràcia, 47-49. 08021 Barcelona

Printed in Spain – Impreso en España

ISBN: 978-84-264-1059-7
Depósito legal: B-1.022-2022

Compuesto en M. I. Maquetación, S. L.
Impreso en Unigraf, S. L. (Móstoles, Madrid)

H410597

Al oxígeno o a Eduardo,
lo mismo da

Primer cuaderno

Estoy muy solo aquí. Oscurece pronto en medio del bosque y nada puede hacerse fuera. Si tuviese una esposa conversaría con ella tomando una cerveza o un vaso de whisky; poco habría que decir, pero observaría sus manos mientras pela unas patatas para la cena. Imagino unos dedos largos y elegantes, que nacieran de un dorso satinado, suave, las manos de una joven; aunque no sería tan joven ya, mi esposa. Así que me invento otras: esta vez son duras, de nudillos prominentes, mustias y sin embargo ágiles en ese bregar, casi reflejo, resulta de millones de cenas preparadas. Hay muchas manos así por el mundo. No, tampoco; estoy, de manera absurda, representando las de mi abuela: aquella mujer de tierra árida y salvaje, prematuramente envejecida, con el rostro ajado y las manos secas descansando sobre su mortaja con tan solo sesenta años. Ni siquiera yo he llegado a esa edad. No serían las de mi mujer.

Ahora se levanta de la mesa y se lleva con ella el plato de patatas y peladuras. Se dirige al fregadero y yo la sigo con los ojos, venerando su figura con ese vestido salpicado de violetas que han dejado aquí su fragancia. Puedo olerlo; puedo percibir su aroma entre otras ráfagas de olores un poco acibarados. Observo la curva de sus nalgas, la nuca que deja descubierta su pelo recogido. Vuelve a ser joven, mi esposa. Vuelvo a ser joven, yo.

La deseo. Deseo a esa mujer como nunca he deseado a ninguna. Ni siquiera a aquella que estuvo a punto de serlo.

No tiene rostro; es muy difícil ponerle rostro a mi hembra. Porque acabo de convertirme en un animal que mordería esa nuca y tomaría esas nalgas.

Tengo una erección.

El Escolta, me llaman. No sé qué tipo de rumores correrán en el pueblo sobre mí, pero no es un mal apodo. Están equivocados con ese nombre y quizá por eso me gusta. Tal error me hace ser otro. Un simple nombre puede cambiar el pasado de una persona, hacerla nacer de nuevo. Y aunque sé que nunca llegaré a vivir en el lugar que me haría completamente feliz, a pesar de haber venido tan lejos con la sola intención de olvidar cosas que no debí aprender, me es difícil desechar esa estúpida idea infantil.

Hoy he bajado al pueblo a comprar comida y una botella de whisky. Todos los vecinos se conocen, todos esperan una explicación de mi presencia aquí. No se la voy a dar, ni ahora ni nunca. La gente joven no pregunta y esquivo con éxito el atrevimiento de los mayores. Supongo que sufren por ello. La casa donde vivo está odiosamente apartada de su vista y, desde hace un par de años, según me contó el agente inmobiliario sin que yo preguntase nada, pertenecía a un sobrino del antiguo propietario: el típico heredero sin apego al que le corre prisa deshacerse de las cosas; al menos eso le entendí a aquel muchacho inexperto. Le costó dar con la cabaña. Nada más verla, aun de lejos, supe que me la quedaba. Así se lo hice saber. No tenga prisa, espere a ver el interior, dijo. No me importaba el interior. Necesito poco más que esa chimenea en este momento de mi vida. Sin embargo, he querido darle un aspecto acogedor, Dios sabrá por qué, Dios sabrá para quién. Porque mientras lo hacía, mientras arrimaba dos sillas a la mesa de madera y ponía este sillón frente al fuego, pensaba en mí, pero también en alguien que me viese aquí, leyendo bajo la lámpara amarilla y con una copa y este cigarrillo humeando en la pequeña mesa que tengo a mi lado. No sé si se puede vivir para uno mismo. Tal vez no sea posible, aunque lo intentes toda la vida, aunque te destierres una y otra vez, aunque te confines en tu propio mundo lo más apartado posible del resto de la humanidad. Pienso en los ermitaños. Recuerdo haber leído algunos casos de aislamiento extremo; voluntario, se entiende. Y siempre sentían la presencia de alguien; Dios, o quien fuese. Creo que es imposible una vida presente o futura sin la idea del otro, sin la reminiscencia del calor de otro, sin una madre. El pasado es la madre. La madre es Dios.

Voy a hacerme un té. O mejor abro la botella.

No debí abrir esa botella. No debí mentar a la madre.

He pasado una noche de perros. Las pesadillas me han roído el alma durante la oscuridad y en el amanecer he sentido la desolación que trae la resaca. Conozco de sobra lo que me depara tras el exceso y, aun así, caigo en ello dos, tres veces por semana. Ni siquiera intento evitarlo. Ya no pienso, como antes: No lo hagas, ten un poco de fuerza de voluntad; ni como después: Venga, no seas tan rígido, sabes lo que hay, lo que habrá en la hora del alba, prepárate y ya está. No; ya solo me dejo llevar. No hacerlo sería peor. Peor que el terrible miedo, que la soledad más absoluta, que los fantasmas de la culpa bailando a mi alrededor, que la sed, las náuseas, la desesperanza, el intenso deseo de abandonar. Y sé que es mejor no pensarlo porque no sirve de nada; acabo apurando la botella igual, pero con el peso añadido de considerarme un mierda incapaz de detenerse, un pelele maleado por la vida, toda la vida.

¿El pelele nace o se hace? Ni siquiera yo podría dar respuesta a esa pregunta. Mi madre, si es que aún vive, o tal vez mi hermano, si yo no lo hubiese matado, sí podrían. Ellos me vieron nacer. Quizá cuando abrí los ojos, ella me tomó en sus brazos y, mostrándome a él, le dijo: Mira hijo mío, un pelele; ya tenemos nuestro pelele; por fin seremos felices. Ahora hay que cuidarle para que se haga grande y fuerte y pueda soportar nuestro desprecio.

Hoy, sin pesadillas a las que culpar, me he despertado durante la noche. Serían las cuatro o las cinco. Absolutamente despejado, he abierto los ojos en la total oscuridad. Noté algo extraño. Me sentía demasiado cómodo, no tenía molestias físicas ni mentales bajo las mantas. No había luz. No había ruido; ningún tipo de ruido. Me preguntaba qué habría pasado con el cárabo, qué había ocurrido con los ladridos lejanos, con el husmeo de las alimañas que se acercan a la casa por la noche. ¿Acaso estaba muerto? ¿Por fin habría acabado todo? Me quedé un rato más, muy quieto, esperando que aquello no se desvaneciese, deseando con todo mi ser retener a la muerte. Sin embargo, la curiosidad es cosa de vivos. Creo que si me hubiese quedado en la cama, sin necesidad de saber si era real o no aquella sensación de bienestar absoluto, no se habría esfumado y ahora yo estaría felizmente muerto. Pero la curiosidad pudo ser nuestro pecado original y no la desobediencia a Dios, ni la soberbia de querer ser uno de ellos o la gula de comerse aquella estúpida manzana. La curiosidad de nuestros padres nos hace llegar a esta vida, así, sin más, y es lo que sigue sosteniéndola pese a cualquier esfuerzo. Yo sentía un fuerte impulso de saber; por lo tanto, estaba jodidamente vivo a mi pesar. No tuve más remedio que levantarme.

Estaba nevando. Caían los primeros copos del invierno. Eso era el silencio y no la muerte.

Eché un tronco sobre las brasas de la chimenea.

Ha vuelto a nevar esta noche. De nuevo desperté temprano; en esta ocasión fue el frío el que tocó diana. La leña se había consumido a mayor velocidad y, aunque rebusqué bajo la ceniza, no había brasa alguna para tostar el pan. Preparé la cafetera y coloqué varios troncos que tenía junto a la chimenea. Prendieron enseguida. Me puse el abrigo y salí afuera a tomarme el café recién hecho mientras la casa se calentaba.

Hay una mecedora vieja en el porche que no he estrenado aún. No me fío de que esas viejas tablas puedan resistir algún peso, pero no quiero tirarla. Una mecedora, en cualquier lugar del mundo, está llena de vida: de cuentos de un abuelo, de nanas, de calor materno, de descanso. Quiero repararla e inventarme una vida, un pasado feliz para esa mecedora, y hacer mío ese pasado.

Lo excitante de la nieve es que, en principio, parece efímera. Observé, de pie, cómo caían los copos. Esta vez eran más gruesos. La fina capa de ayer se deshizo durante el día, pero la de hoy parecía querer instalarse. La taza humeaba, mi boca humeaba. Estaba bajando la temperatura y más valía que me preparase para lo que pudiera llegar.

Quizá tenía víveres para una semana, tal vez más; pero no era solo comida lo que me hacía falta. No me ha quedado más remedio que calzarme las botas de montaña y bajar al pueblo.

No sé si funcionará una vieja y extraña motocicleta que he visto en el trastero, pero en estas condiciones no puedo utilizarla. Me he arriesgado igualmente a partirme la crisma resbalando por el camino helado, y luego he tenido que esperar, congelado, a que abrieran ese supermercado al que el prefijo le viene algo grande. Ni siquiera me había dado cuenta de lo temprano que era y, además, aquí la gente se toma las cosas con calma. Se ha adelantado el invierno, dijo la dueña, la empleada, o lo que sea, mientras se quitaba la bufanda. Eso parece, respondí, aunque en realidad no tengo ni idea de cómo son las estaciones en este lugar. Seguro que es usted de un clima más templado, comentó con clara intención de saber algo acerca de mí. Es una mujer de mediana edad, vigorosa, de rostro agradable, y parecería de fiar si no tuviese ese tipo de ojos grises que miran como si no viesen, ojos de ciega, o si fuera ciega de verdad y ese mirar no resultase inquietante. Soy de todos los climas, contesté forzando ridículamente un acento que no voy a conseguir nunca. Gracias a mi último destino, aunque me cueste hablarlo con soltura, no tengo muchos problemas para entender el idioma. A fin de cuentas, ese fue el motivo de elegir este lugar y no otro dentro del ancho mundo. Pero el caso es que no es mi intención practicarlo. Así que enseguida me lancé al primer pasillo para evitar la conversación. Sé que en este pueblo voy a resultar antipático, soberbio, un forastero sospechoso; no importa, es un precio bastante razonable para mí a estas alturas. Hablar lo imprescindible; solo si puedo conseguir tabaco y una revista sin tener que andar bajo la nieve veinte minutos hasta la gasolinera. En el estanco venden algunas. Bueno, hay un estanco. Eso está bien.

Salí de allí con un bote de leche condensada, pan, sopa en polvo, varias latas de atún, filetes, huevos y verduras frescas: una carga innecesaria, improvisada con la sola intención de hacer sombra al personaje principal: la botella grande de Johnnie Walker. Después, siguiendo las indicaciones de aquella mujer, me dirigí a completar la compra con cigarrillos y algo para distraerme que no fuesen mis libros, esos jodidos libros que no he podido evitar que me acompañasen hasta aquí.

He dejado atrás muchas cosas. Todo, excepto esos libros y mi maldita memoria. Algo tendré que hacer con ello.

Se ha ido la luz. Ya estaba avisado. Podía ocurrir si nevaba y, además, durar varios días. Tengo leña suficiente para pasar todo el invierno; por lo demás, compré velas y una linterna, y creo haber visto en el trastero un quinqué de queroseno. Estoy preparado como cuando era soldado. He hecho una lista de lo que puedo necesitar, de la misma forma que en la trinchera antes de entrar en combate. A pesar de ello, al igual que en el campo de batalla, nada es suficiente; acabas necesitando lo que no llevas, lo que no tienes. Y en cualquier caso, al final, en la lucha o en la vida, qué más da, siempre es el valor lo que se echa en falta.

Es bonito escribir a la luz de esta vela; el fuego de la chimenea al fondo. Es agradable el calor que me llega y también el que me meto dentro con cada sorbo de whisky. Escribir me ayuda a que esta copa sea tranquila, y no desesperada como siempre.

La llama en el pábilo se alza y se encoge. Espíritu, si estás aquí, que se alargue la llama, decíamos con las manos entrelazadas. Agarraba mi derecha la mano fuerte de mi hermano, la mano capaz de partirme la cara a mí y a cualquiera que se metiese conmigo; con la izquierda yo cogía la mano amada. Y aquella llama subía porque yo quería, porque yo invocaba a todas las almas errantes y enamoradas del universo para que creciera y alumbrase su rostro: su extraño y hermoso rostro de niña animal, de chica pantera. Yo esperaba que ella me mirara a mí cuando eso ocurriese; sabía que abriría mucho los ojos, sonriendo solo con ellos para no espantar la magia con su entusiasmo; y entonces, en ese fulgurante cruce de miradas, tal vez cayese rendida de amor para siempre.

Pero *siempre* es una palabra que no nos está permitida a los peleles.

Sigo sin electricidad. La capa de nieve llegó a tener casi dos palmos, pero ha salido el sol y no durará. Los carámbanos gotean incesantes desde el tejado.

Escribo en el porche. A estas horas de la mañana se inunda de luz. He sacado una mesa plegable y una silla para aprovechar el buen tiempo y respirar aire fresco. Tengo que arreglar esa mecedora. Mi amor tiene que balancearse en ella, descalza, con sus pies de chiquilla de punta sobre la madera del suelo; recoge uno y apoya el talón en el asiento. Lee una de esas revistas para jovencitas. Distraída, no advierte mi presencia. La observo. Está preciosa con esas trenzas negras que le caen por los hombros, justo hasta los picos de su pecho adolescente. Esboza de vez en cuando ligeras sonrisas. Tal vez se imagine con un peinado de los que sugieren en esas páginas, o sueñe con ser la novia de algún actor o de un cantante de moda. Mastica chicle. Siempre está masticando chicle. No hay ninguna madre que le diga Siéntate bien, ni un padre que llegue a casa enfurecido preguntándole si ha hecho los deberes o se ha ocupado de sus hermanos en vez de estar ahí vagueando. No hay gritos en la casa; no se oyen golpes. No suenan sollozos. No se tapa los oídos, mi amor, sentada en las escaleras. Tampoco escupe el chicle rosado, ni mueve las piernas impaciente por salir corriendo, por levantarse de allí como un resorte y comenzar a andar con zancadas grandes para alejarse cuanto antes, ciega de ira y de miedo, y toparse conmigo, encontradizo, ignorante —mi niña puma— de su escolta enamorado.

El Escolta. Tiene gracia. ¿Ese es el escolta, mamá?, le oí decir a aquel crío. Y la madre le chistó con un tirón de brazo. Debe de haber sido por la carta del Departamento de Defensa que recogí en la oficina postal. O tal vez por mi corpulencia. El caso es que al final, aunque todos sepan cómo me llamo, nadie se dirigirá a mí por mi nombre, por pudor. Nadie admitirá esa curiosidad por alguien que no se ha presentado en sociedad. El Escolta. Eso sí pueden decirlo; eso es simplemente una ocurrencia limpia de sospecha y que no pertenece a nadie. Parece un escolta. Dicen que fue escolta. Bien, que así sea en esta nueva vida.

He metido una brasa en las botas para calentarlas, tal como hacía mi abuelo cada mañana frente a la chimenea. Hay que elegirla bien, sacudirla rápido unos segundos para que no llegue a quemar el cuero, y después echarla de nuevo a la lumbre. No era un hombre muy hablador, y luego la decepción que sufrió con su hijo le hizo callar para siempre; pero durante las temporadas que de niño pasé con él, me gustaba mucho seguirle y observar sus movimientos. Su vida de campo era bien distinta a la que llevábamos nosotros. Nuestro poblado, construido para los ingenieros del pantano, poseía una distinción que lo alejaba de lo rural y jamás perdía aquel aire provisional que incluso los niños advertíamos desde el primer momento. Las madres fumaban en los porches de aquellas casas, desesperadas, como si nunca viesen la hora de irse a otro lugar, algún sitio donde poder establecer su hogar definitivo, donde todo sería distinto y sus maridos no llegarían siempre tarde a cenar. Porque los hombres siempre llegaban tarde a cenar, medio borrachos, pues ellos sí vivían y se mezclaban con los capataces e incluso con los peones, con los que acababan la jornada en las tabernas del pueblo o en algún burdel de la zona. Y la cosa se alargaba. Y después de alargarse, vuelta a empezar en otro poblado eventual, con aquellas casas siempre iguales, siempre blancas, siempre los mismos metros de parcela y los cuatro escalones de subida hasta el porche. Había madres que lo llevaban mejor; plantaban rosales transitorios en el jardín, pintaban de azul el cuarto temporal de los niños y horneaban tartas con las manzanas que otras mujeres, las del pueblo, les regalaban con una mezcla de respeto y conmiseración. Luego se reunían, cada tarde, para jugar a las cartas o coser sobre patrones mientras tomaban café y se contaban la vida, mitad verdadera, mitad inventada, y qué más daba, si la amistad era también interina. Pero la mía no, mi madre no. Ella estaba siempre esperando, en estado de alerta; como si disfrutar un poco, distraerse un rato y ser feliz durante unas horas la alejara de su meta final: largarse de allí. O tal vez no era eso, claro, sino la intuición de lo que ya estaba ocurriendo.

He estado dando un largo paseo por los alrededores. Todavía no conozco demasiado la zona y he estado a punto de perderme. La nieve se mantiene bajo la umbría de algunos pinos y la humedad es tan grande aún que ni siquiera se percibe otro olor que no sea el de esa brisa fría de montaña que congela la pituitaria. Los arroyos bajan crecidos y hay regueros ocultos bajo el manto de agujas de la pinada. He puesto a secar las botas junto al fuego. Si las volteo, caerán dos falanges, un astrágalo y un trozo de tibia. Hay un hombre abandonado en esas botas.

La luz ha vuelto a las tres de la mañana. Lejos de como esperaba, no ha supuesto un alivio, pues debí de dejar el interruptor encendido y me ha despertado el fogonazo de la lámpara que cuelga justo encima de mi cama. Y en ese estado entre el sueño y la vigilia, me he vuelto loco de nuevo.

He creído estar aún en aquel infierno donde nunca se apagaban las luces, he oído de nuevo los gritos, los llantos..., el olor de las heces y la lejía; he vuelto a sentir el ahogo, la desesperación del indefenso. Pero miré mis manos, y estaban libres; mis piernas podían moverse y salir corriendo. Y lo habría hecho si el corazón, absolutamente desenfrenado, no me hubiera puesto sobre aviso de que en esas condiciones no respondía por mí. Solo han sido unos segundos, pero podría haber muerto. La parca sabe hasta dónde puede llegar en las pesadillas. Juega hasta la última décima de segundo. Y no es que gane la Vida, no: es que la Muerte le deja ganar, condescendiente, divertida, como una hermana mayor. Como un hermano mayor con un pelele. Deja en paz a tu hermano, le decía mi madre, no ves que es más débil que tú. No te rías de tu hermano, no ves que tú eres más espabilado. No te aproveches de tu hermano, no ves que de bueno es tonto. No le hagas eso a tu hermano, que como se entere tu padre. Tú, hijo, le decía, vas a ser más alto que tu hermano. Tienes los ojos más vivos. Tú te pareces a tu padre; tu hermano no sé..., será una mezcla. Sí, decía él, un mil leches que sacamos de la perrera. Y reían los dos. Reían como se ríe la muerte de mí durante la madrugada.

Hace días que oigo aullidos, de perros, de lobos, no lo sé. Esta noche dejaré encendida la luz del porche.

Aprovecho las mañanas para recorrer los alrededores. Paseo entre pinos, abetos y robles, y en el sotobosque crecen enebros y retamas, helechos y aligustres. He visto madrigueras al abrigo de los peñascos cubiertos por el musgo, y en el suelo, bajo el manto de las agujas, asoman setas quemadas por las últimas nieves. El paisaje no es muy diferente al de nuestro último poblado.

Hay un claro, andando hacia el este, que es casi idéntico a aquel en el que mi hermano y sus dos amigos se empeñaron en hacer una pequeña choza con troncos y ramajes secos, empresa para la que yo les resultaba muy útil como mula de carga. Sabía que se estaban aprovechando de mí, que una vez finalizada la obra yo sobraría, me mandarían con viento fresco con cualquier pretexto y ellos se pasarían horas allí dentro, fumando cigarrillos robados a las madres, bebiendo de la petaca que había visto rellenar a mi hermano ya un par de veces, y mirando revistas de chicas en pelotas. Incluso sabía que se masturbarían allí dentro y que, llegado el caso, la excusa para echarme sería que yo era un niñato al que aún no se le empinaba.

Lo cierto es que me daba igual. Lo único que quería era tener la posibilidad de invitar a la chica pantera a pasar un rato en la choza, cogerla de la mano uno de esos días en los que arrancaba a correr huyendo de las voces de sus padres, y protegerla, que ella se sintiera a salvo de todo, de todos... menos de mí. Pero yo nunca le haría nada, ni me atrevería a tocarla. Había que tener cuidado, porque cualquier desliz podía suponer un zarpazo. Resultaba salvaje, sí, pero preciosamente salvaje. Era la mayor de cinco hermanos y crecía asilvestrada mientras su madre no dejaba de parir. Cuídalos tú, son tuyos; le oí gritarle en una ocasión. Y la coneja debió de decírselo a su padre, porque estuvo tres días sin salir siquiera al porche, y cuando lo hizo, aún tenía el pómulo amarillento, mi pequeña gata.

Yo solo deseaba tenerla allí, al lado, aunque no hablase, aunque no me mirase. Realmente no me creía capaz de sostener su mirada de cerca. Le daría un cigarrillo robado para ofrecerle fuego con ese porte de los actores de cine, aprovechando el instante para observarla. En cambio, cuando se dio ese momento, ella encendió el pitillo sin dejar de mirarme fijamente a los ojos, siempre en guardia, la niña jaguar.

La choza se llenó de humo y salimos de allí tosiendo. Ella escupió. Escupía, decía «Puag» y me miraba como si yo mismo le repugnase; clavaba en mí sus ojos con violencia, haciéndome único culpable de aquel sofocón. Pero cuando paró de echar salivajos, me dijo: ¿Tienes otro?, y nos ocultamos tras los árboles para fumarlo a medias. A mí me temblaba la mano, por la proximidad del felino, porque aquello era casi como besarla, y porque tenía miedo de que descubriese que guardaba un cigarrillo más en el bolsillo de la camisa.

Fue una estupidez fumar allí dentro. El olor del tabaco quedó prendido en su ropa. Otros tres días sin salir. Tres días en los que vagué por la calle, de mi casa a la suya, de la suya a la mía, esperando ver aunque fuese únicamente su silueta a través de la ventana cuando encendieran las luces. Tres días en los que fue creciendo la idea de que ella me haría responsable de todo su mal y me condenaría al desprecio infinito. Era la sentencia de muerte de una esperanza recién nacida.

Hace un rato, mientras escribía, se apagó el fuego en la chimenea. Tuve que salir al leñero a buscar más troncos. Los había colocado minuciosamente cuando me di cuenta de que no tenía papel para prenderlos. Anduve buscando inútilmente restos de cartones del embalaje o alguna hoja de la revista que compré, pero debí de gastarlo todo sin reparar en ello. Me acerqué hasta el mueble donde tengo los libros y cogí el primer ejemplar de la izquierda: un volumen de *Guerra y paz*, de Tolstói. Lo abrí al azar. Bueno, los libros nunca se abren por donde se abren por simple azar. Conservan la impronta de quien lo sostuvo, excitado, forzando su lomo ante un párrafo.

«Goza de estos momentos de felicidad, trata de que te amen, ama. No hay más verdad en este mundo», leí. He cogido esa página junto con las quince o veinte siguientes y las he arrancado de cuajo. La hoguera ha prendido y ahora reposo al calor del fuego del infierno.

Este cacao es bueno. Compraré más cuando baje al pueblo.

He dormido hasta bien entrada la mañana. A veces ocurre el milagro. Cada cierto tiempo mi espíritu se recupera; la Muerte me da esa tregua con el fin de que siga vivo y poder volver a torturarme. Conozco muy bien la técnica. El submarino, se llama. En su forma más simple, metes la cabeza de la víctima en un barreño lleno de agua y empujas; treinta segundos; tanteas su resistencia. Luego un minuto; entero. Muchos están entrenados, muchos lo soportan mejor que el verdugo. Pero hay que conocer los planes del enemigo; sin esa información, mañana puedes ser tú el reo. Y si eso ocurre, cómo aguantarás, te preguntas, porque sabes que ellos no tendrán piedad contigo. Si se tuviese la certeza de la misericordia ajena no seríamos tan bárbaros. No se puede confiar en el adversario. No se puede confiar en nadie. Tu propio hermano puede robarte el aire. La sangre de la sangre de tu madre puede ponerte una almohada en la cara hasta que creas que vas a morir; puede sentarse encima de ti, presionarte la garganta hasta verte rojo, azul..., y entonces soltarte e irse riendo. Deja a tu hermano en paz. Es un llorica, decía él. Una nena. La niña esa con la que anda es más hombre que este. Seguro que tiene pito. Deja a tu hermano en paz, decía ella como una letanía, sin alterarse, sin mirarnos, sin consolarme, sin protegerme. Cuando venga papá se lo dirás como el marica que eres, se burlaba él. No, no se lo decía. Aguantaba el submarino, pero no la vergüenza. Creo que el torturado conoce después la verdadera humillación: haber sido la víctima.

Soy consciente de que escribo esto porque lo he pensado otras veces. Sin embargo, el largo y profundo sueño de esta noche ha llenado de nuevo mis pulmones de aire y algo me impulsa a vivir. Es un optimismo que no puedo evitar aunque lo racionalice, una pulsión que ha hecho que sacase la mesa al sol y disfrutase de unos huevos con jamón, del queso de oveja de la zona, del vino, del canto de los pájaros, del aroma que desprende el humus al sol de mediodía. En esas condiciones incluso me ha costado no ser demasiado amable con el viejo que ha aparecido inesperadamente por la tarde. Nos hemos saludado dándonos la mano. No me ha dicho su nombre y yo tampoco le he dicho el mío. Ha ido al grano: el antiguo propietario de esta casa era un buen amigo suyo, tanto como para prestarle las herramientas, y ahora él necesitaba reparar una verja con un trebejo de esos que ya no se fabrican. Le he dejado entrar en el cobertizo a buscarlo. Me ha asegurado que, aunque yo no lo conozca, es un hombre honrado y que volvería mañana a devolvérmelo, pero no quiero estar pendiente de que aparezca, así que le dije que se lo quedase. Se negaba a aceptar el regalo y he tenido que apelar falsamente a la emoción: a él le gustaría que lo tuviese usted, no yo. Me ha mirado a los ojos, y su sonrisa era tan franca que he estado a punto de ofrecerle una cerveza. No lo he hecho. A cambio, le he ofrecido mi mano de nuevo como despedida. Después, observándole caminar ladera abajo con una pequeña cojera, he sentido de veras la torpeza de no haber sido algo más hospitalario con el abuelo. Da igual. Seguramente volverá. No lo he pensado bien. Haber sido desprendido con esa herramienta significa, para hombres como él, quedar en deuda. Sobre todo con un forastero.

Pero hoy no me importa. Aún noto en mi mano la sana aspereza de la suya.

Hay un teléfono en la casa. No espero recibir llamadas ni hacerlas yo, y a pesar de ello lo di de alta, a saber por qué. Supongo que nunca se pierde el miedo a la soledad. Me alegro de haberlo hecho. Su mera presencia me ha servido para encontrarme un poco mejor estos días de fiebre. En este estado, cualquier posibilidad de contacto con el mundo ya resulta en sí misma una ayuda. Enfermo, siempre te sientes vulnerable. No solo te acechan los peligros del presente, ese presente en el que te has metido y que de pronto se vuelve absurdo, sino que vuelven también los espectros del pasado y, por si eso fuera poco, aparecen insistentes los del otro mundo: el mundo de los sueños febriles, uno que solo puedes ver cuando estás rozando el límite. Quizá esas visiones nos hacen vivir. Nos hacen creer que eso es lo que hay más allá: angustia, miedo, dolor. Intenta vivir, dice, no te abandones, nos alerta, o esto es todo lo que puedes esperar.

Había un perro hozando en una lata. Levantó la cabeza y me mostró sus colmillos, gruñendo; luego volvió a lamer ruidosamente, arrastrando la lata hacia delante con cada lengüetazo. No es de nadie, me dijo la mujer del comercio. Me da lástima y le pongo algo de comer cuando lo veo. Si no está comiendo es cariñoso, me aseguró. Esto fue hace dos días. Creo. Quizá haga tres; cuando ataca la calentura uno pierde la noción del tiempo. Aquella tarde bajé a comprar, entre otras cosas, harina y levadura. Hay un pequeño horno de leña junto al cobertizo, y en las horas de aquel día apacible en el que me sobraba el aire, pensé que podía hacer mi propio pan, por qué no. Pero algo me estaba rondando, porque cuando llegué a casa la idea se me volvió estúpida y ya no quería saber nada de aquel crematorio de ratas. Sentí náuseas. Y después frío. Eché más troncos a la lumbre. Y luego más. Habría quemado el bosque con tal de entrar en calor. Me preparé una sopa caliente y me arropé con una manta frente al fuego. Solo entonces me di cuenta de que tal vez estaba enfermo. Pero no tengo termómetro. Ni una mano de madre que calcule exactamente las décimas, como hacía la mía con mi hermano cuando yo le contagiaba la varicela, el sarampión, las paperas o la gripe. Se nota que tiene mejores defensas. Si no fuera por el pequeño, no se pillaría nada, pero claro..., decía ella. Y entonces se metía en su cama para darle calor, para acariciarle la frente y el pelo, para cuidar su tesoro mientras el pelele observaba desde la cama de al lado, aún convaleciente de su propia gripe: una extraña gripe que solo lo era después, cuando había pasado al otro cuerpo; mientras tanto, era cuento, una excusa para no ir al colegio.

Tengo que reparar esa mecedora. Mi madre, con su olor de madre, con el amor de madre hacia un solo hijo, tiene que acunarme a mí. Tengo que reposar mi fiebre en ella. Solo sus manos sobre mi pelo pueden conseguir que no me acerque al límite desde donde se ve el infierno. He de conseguir que ese perro que lamía la lata no vuelva a aparecer en mis pesadillas, que no me gruña, que no me ataque. Que no vea otros perros a mi alrededor: perros babeantes; perros vestidos con harapos; perros crucificados, vivos, mostrando las costillas con cada inspiración; perros con solo tres patas, renqueantes, que me hablan en un idioma que desconozco; perros con sarna, con lepra, trozos de perro por el suelo, una oreja que sonríe, un rabo sangrante; perros copulando... perros copulando.

Recuerdo hoy aquellos perros que hacían lo mismo frente a mi casa del poblado. Mira, mira, decía mi hermano, están follando. Eso te gustaría a ti hacerle a la vecinita, ¿eh? Y yo sentía arder mi rostro de vergüenza y de rabia. Vergüenza porque, de alguna manera, vi que ya era manifiesto mi interés por estar con ella; y rabia porque no era mi vecinita: era mi chica pantera, la ninfa a la que jamás nadie podría montar de esa forma sucia e indigna. Pues fíjate bien cómo se hace, hermanito, porque la niña ya va pidiendo guerra y se está poniendo muy buena.

Fue la primera vez que me atreví a pegarle. Le arreé un buen puñetazo en toda la nariz. Él se quedó tan sorprendido como yo asustado; asustado por su respuesta —porque sabía que iba a haberla—, y asustado de mí mismo. La paliza de vuelta no se hizo esperar. Y ni siquiera estaba mi madre en el porche para oírle decir deja a tu hermano en paz. Pero no me importó. Había defendido el honor de mi chica; aunque luego supe que no fue buena idea, pues con aquello yo mismo había dejado al descubierto la brecha por donde él entraría a matar cada vez que le diese la gana.

Mientras estaba en el suelo, entre guantazo y guantazo a mano abierta de mi hermano, podía ver todavía allí a aquellos perros, ahora pegados por el culo. Cuando al fin paró, con todo mi cuerpo dolorido, aún saqué fuerzas para agarrar un palo, correr hacia ellos y, con toda la furia de mi frustración, darle un trallazo al macho para que se separasen. Salió corriendo, llevándose a la hembra pegada al trasero, arrastrándola a pesar de sus gañidos, obligada a correr hacia atrás en una imagen desgarradora.

He superado la fiebre. Sin recurrir al teléfono. Me he curado solo, aguantando como siempre he hecho. Me pregunto adónde habrá ido esta gripe si no hay hermano.

Escribo este diario con la plena convicción de que nadie lo leerá jamás. Así que puedo decir en él lo que quiera. Soy libre para contar que hoy he cagado blando o que he tenido un gatillazo haciéndome una paja. Sin embargo, me resulta curioso ver cómo, salvo en contadas ocasiones en las que me he dejado llevar, intento mantener cierta estética. Escribir en este momento me está resultando terapéutico, pero tengo siempre mis reservas. Por ejemplo, si me pongo a hacerlo todos los días, esto puede convertirse en un vicio o, peor aún, en una obligación. Resultaría paradójico haber llegado hasta este lugar remoto para desprenderme de cualquier exigencia, incluida la de relacionarme con los otros —especialmente esa—, y acabar imponiéndome yo mismo una estupidez semejante. Y luego está el hecho de que los libros me jodieron la vida. Desde pequeño. Me hicieron creer que el mundo estaba en otro sitio, que la realidad era diferente; no menos miserable, no menos sórdida, simplemente más rica en matices. Que había personas que no eran tan vulgares, conversaciones que no resultaban ordinarias; que podían acontecer hechos que no eran corrientes y, sobre todo, que el amor era algo más que intentar acostarse con una chica.

Me pregunto si aún estoy a tiempo de encender el fuego con este cuaderno y no echarlo de menos. La respuesta que se me ocurre en estos momentos es no. Mañana no sé, tal vez sea sí. Hoy me alegra estar aquí, sentado en esta vieja manta que he echado sobre el prado, mirando cómo la niebla alta va traspasando las copas de los árboles de aquella loma, la del otro lado del río, mientras en esta otra, en cambio, luce el sol y huele a resina.

Esta mañana, tal como predije, volvió el viejo. Llamó a la puerta temprano. Abrí con media cara llena de espuma, una toalla al hombro y la cuchilla en la mano. No me quedó más remedio que invitarle a pasar. Traía un pastel de calabaza que había hecho su mujer y que esperaba fuese de mi agrado. Le di las gracias y le invité a sentarse. ¿Le apetece un café?, le pregunté. Aceptó. Abrí el presente, envuelto en papel de aluminio, y el aroma dulce me llegó como llegaba a veces el placer adolescente, en medio de la noche, sin esperarlo. Corté dos trozos de esa tarta jugosa, de un vivo color naranja, recién horneada, aún tibia. No, para mí no, ni hablar, es para usted, dijo. Además, yo ya estoy empachado; mi mujer siempre las quiere aprovechar como sea y ya no tenemos cerdos a los que echárselas. Sonreí. Se disculpó: no me entienda mal, ella las hace con mucho cariño. No se preocupe, le tranquilicé, lo entiendo; dígale a su mujer que está deliciosa, que me la comeré entera y que pronto estaré a punto para sacarme un buen jamón. Me rio la broma. Luego se hizo un silencio largo. Los dos bebíamos café y mirábamos el fuego. No parecía sentir mucha curiosidad por mí. Y la casa ya la conocía de sobra. Es muy posible que haya estado mil veces aquí con su amigo el de las herramientas, parados los dos así, frente a la lumbre, simplemente viendo arder la leña. Eso hacen los amigos de verdad: estar juntos como si estuvieran solos.

Está muy bueno... el café, digo. Ah, sí..., lo preparo fuerte. Y volvíamos a fijar la mirada en las llamas. Tal vez él estuviese evocando a su amigo, hablándole en silencio: Compañero, aquí estoy, como siempre, en la que fue tu casa; como ves las cosas no han cambiado mucho. Yo solo oía el crepitar de las brasas y, de tanto en tanto, los sorbos que daba el viejo al café humeante. Por cierto, ¿sabe usted dónde puedo comprar un tocadiscos y algo de música?, le pregunté. Para eso tendrá que acercarse a la ciudad, me dijo. No me hace gracia tener que ir. Es preciso coger un autobús que me traería de vuelta después de seis horas. Lo cierto es que pasar el día rodeado de gente, de voces y pitidos de coches es lo que menos me apetece en estos días, pero ese silencio me ha hecho caer en la cuenta de que llevo demasiado tiempo escuchando solo los ruidos del campo. Imagino ahora las notas de Wagner o las de Beethoven resonando en estas montañas y la idea se me hace irresistible.

Puede que, poco a poco, me esté volviendo la sangre. O tal vez es solo que aún me dura el arrebato de entusiasmo por la tregua, el agradecimiento —a la Vida o a la Muerte— después de las fiebres pasadas. El caso es que me he tumbado a mirar las nubes y he jugado a adivinar formas.

Al incorporarme he visto algo moverse entre los helechos. Debo de haber asustado a una liebre o a alguna comadreja que no había advertido mi presencia. Qué belleza la de estos bosques. Cuánta vida hay delante de mí, intentando remontar un invierno más; cuánta sangre latente, esperando la primavera. Muchos no llegarán a ella. Los que lleguen no saldrán reforzados; simplemente habrán sobrevivido por el regalo envenenado de nacer más resistentes, o tal vez por las reservas de una última presa en el otoño, o por azar: quizá solo porque, justo con el último resuello encontró un ratón sin fuerzas para huir. Pero eso no será garantía de futuro. Al contrario, cada invierno los debilita, cada nevada los desgasta, los va consumiendo. Ni siquiera tienen la posibilidad de abandonar, de quitarse la vida por desgana.

No, los animales salvajes no son más libres que nosotros. Están condenados a sobrellevar cualquier adversidad de la manera más cruel, con la indefensión más absoluta. Y nosotros, ufanos, los creemos felices en el acto de desgarrar una carne aún caliente, o pensamos que planean felices en la incesante tarea de encontrar una presa que es siempre la última esperanza para su prole.

Decía Schopenhauer que, a excepción del hombre, ningún ser se maravilla de su propia existencia. Y él qué sabía. Qué sabía él de lo que piensa el ciervo cansado de luchar contra otros machos, o la minúscula musaraña que se arriesga, por hambre, a entrar en mi cocina. Qué de ese ciervo cuando vence a su rival o de la musaraña con su pancita llena de migajas. Qué sé yo de todo eso. Qué sabe ningún ser de lo que hay en la cabeza de otro. Schopenhauer no cree en el ciervo, ni el ciervo en la musaraña. Tampoco yo en Schopenhauer.

Empieza a hacer frío. Llevo mucho tiempo aquí fuera y seguro que el fuego se ha apagado. No importa. Sé cuál es el libro que me servirá hoy de mecha.

Las heladas son intensas, y aunque intento mantener la casa caliente, la leña se consume durante la noche y por las mañanas me cuesta salir de la cama. En realidad nada me obliga a ello y paso un buen rato, una hora, incluso más, remoloneando entre las sábanas o simplemente con los ojos fijos en la lámpara del techo. Podría quedarme mucho más tiempo si quisiera; y en realidad quiero, pero hay algo, una idea clavo, un credo arraigado en lo más profundo de mi psique que no me permite hacerme algunas concesiones. Es simple: sencillamente, intento mantener los hábitos porque sé que es lo único que nos salva de la locura. Al sueño nunca he sido capaz de dominarlo, pero procuro cumplir con ciertos horarios en las comidas o llevar unas normas mínimas de higiene. Me ducho y me recorto la barba casi a diario, no dejo cacharros sucios en el fregadero y no me sirvo el almuerzo antes de la una ni la cena después de las nueve. Nunca me quejo de la monotonía. Rara vez he cuestionado las normas. Las costumbres siempre han estado ahí para tranquilizarme, para hacerme saber que no pasa nada, que todo está bien, que la vida sucede de una forma previsible y discurre como un arroyo manso de flujo constante. Cuando todo eso se altera, cuando ese arroyo se desborda, los hombres se pierden, los viejos dejan de hablar del tiempo con las manos a la espalda, y las mujeres bajan el rictus de su boca, dejan de llamar a comer, y el brillo de sus ojos se vuelve de agua y no de chispas de fuego. Cuando eso sucede, digo, la locura se acerca. Y esto que acontece a nivel de familia, de comunidad, o incluso de continente, puede darse de forma individual sin nada ni nadie a quien culpar excepto a tu propia dejadez.

Me he propuesto que eso no me ocurra. No quiero convertirme en el Escolta, ese extranjero mugroso que vive ahí arriba, dejado de la mano de Dios, que huele en contra del viento y que no se lo comen las ratas del asco que da. Nada de eso. Puedo abandonarme en otros aspectos, pero tendré un cadáver aseado, y entonces dirán: Mira, no estaba tan majareta. Porque los dementes, si los dejas, no se lavan; los tarados tienen sus rutinas, sus vicios o sus manías, pero no guardan esas costumbres. Por eso sé que mientras friegue las sartenes y haga la colada, estoy a salvo de la locura.

Esta mañana, cuando desayunaba en el porche, el cielo estaba azul y despejado, pero hacía un poco de viento, por lo que decidí que sería un día perfecto para lavar la ropa. No hay lavadora en esta casa, así que lo he hecho a mano, con una práctica repetitiva, con la tranquilidad de la vida sosegada que llevo, y sin embargo, en mi cabeza, sin saber por qué, los viejos no hablaban hoy del tiempo. Hoy, en cada restregar, han estado los ojos alienados de mi madre; en cada escurrir, la respiración histérica del día que mi padre la abandonó, nos abandonó a todos.

Recuerdo aquel taxi, parado frente a nuestra casa, que llevaba el encargo de darle una carta a mi madre. Ella la recogió tan sorprendida que ni siquiera le dio las gracias al chófer. Se dio media vuelta y fue andando lentamente hacia la casa mientras abría el sobre. Se quedó en el porche, de pie, leyendo lo que ponía en aquella cuartilla, que no era otra cosa que la confesión de algo que hacía tiempo que se veía venir. Lo que tal vez no esperaba era que, además de una confesión, fuese una declaración de intenciones, una decisión para su futuro que alteraba todo el nuestro. Mi padre estaba liado con una mujer del pueblo y había decidido irse a vivir a su casa. Prometía que ni a nosotros ni a mi madre nos faltaría nada, pero decía que ya no le era posible llevar esa doble vida por más tiempo; se había enamorado, y en aquellas letras que le dedicaba a mi madre y que yo pude leer después alisando la hoja arrugada, aún tenía el descaro de solicitar su indulgencia apelando a la memoria de aquel amor de sus principios. Entiéndelo, decía, recuerda lo que alguna vez sentiste por mí y lo indomable que puede ser esa emoción; no puedo hacer otra cosa que ser honesto.

Hay que joderse. Y hay que joderse francamente porque es así. Mi padre no podía dejar de lado lo que sentía por esa mujer; mi hermano y yo no compensábamos el sacrificio de su propia felicidad. El amor es una emoción indomable, ciertamente; y muy egoísta, claramente. Eso sí, poco había que echarle en cara en cuanto a la sinceridad de sus motivos. La amante en cuestión no era ninguna jovencita por la que hubiese perdido la cabeza, sino una de las maestras de la escuela, una mujer madura, viuda y con un hijo. Nos había dado clase a mi hermano y a mí antes de que pasáramos al centro de secundaria, situado en otro pueblo al que íbamos en autobús siguiendo la carretera hacia el norte. Tal vez habían esperado, impacientes, hasta que llegó ese momento. No hay que subestimar jamás las posibles reacciones de un adolescente herido, avergonzado, lleno de ira y muerto de miedo. Nunca.

Mi madre estrujó aquella carta con saña, se la puso en el corazón y lanzó un alarido desgarrador hacia el techo de la sala con una mueca sostenida de cólera y dolor. Aquello nos sobrecogió.

Dejó caer el papel al suelo, hecho un gurruño, y luego tomó asiento y se abatió sobre la mesa. Y así siguió llorando durante siglos, con un hipido tan lastimero que me partía el alma. Mi hermano preguntaba qué coño pasaba. Yo, aunque imaginaba el motivo, tuve dudas acerca de si el abandono de mi padre se debía a que estaba muerto o a que estaba demasiado vivo; pero en realidad me era indiferente. Mi padre, ese hombre extraño al que nunca conocí, desapareció de mi vida en aquel instante; qué más daba la causa. Lo único que a mí me importaba en ese momento era que mi madre no llorase más. Me acerqué; tímidamente le puse una mano en el hombro. En ese gesto iba mi comprensión, todo mi favor y mi apoyo incondicional. ¿Y qué hizo ella? Levantó la cabeza para mirar, para asegurarse de quién era el que hacía aquello, y al verme a mí, sacudió su brazo con un visaje de desprecio absoluto. Déjame, gritó. Qué cojones pasa, gritaba mi hermano. No chilles, gritaba mi madre. Me fui. Salí a la calle y corrí hacia la choza del claro del bosque.

Los primeros días después de aquello los sigo sintiendo tan llenos de angustia que el recuerdo se me hace sólido. Mi madre conservaba la esperanza de un enfrentamiento cuando mi padre volviera para llevarse sus cosas. Pero las jornadas transcurrían, y ella pasaba sus horas andando, desquiciada, de un lado a otro de la casa, encendiendo un cigarrillo con el anterior y repitiendo: Cobarde, cobarde, cobarde... Así que al cuarto día, en un arrebato de coraje, agarró toda la ropa de su marido, la sacó al jardín e hizo una pira con ella. Cuando estaba a punto de prenderle fuego, salió mi hermano de alguna parte.

¡Eh, espera!, le dijo, ¿estás loca? Esta chaqueta me puede estar bien. Y se la puso allí mismo, delante de ella, sin ningún respeto hacia su dolor, sin plantearse siquiera que aquello era un insulto, que estaba abortando un desahogo necesario, el último acto de dignidad de su madre.

Mi padre no volvió por allí en mucho tiempo. El que sí lo hizo, para pedirle disculpas a mi madre, fue mi abuelo. Se sentía avergonzado por lo que había hecho su hijo: un acto indecente, inconcebible en un hombre educado en la honestidad por un progenitor íntegro, cabal, intachable, temeroso de Dios. Ella, resentida con el universo entero, le asestó al abuelo que, después de todo, algo habría hecho mal. El pobre viejo se marchó con aquello sobre los hombros y apenas volvió a hablar, ni del tiempo ni de nada; a mi madre se le bajó el rictus de la boca y el brillo de sus ojos fue de agua, torrentes de agua. Dejó de llamarnos a la mesa, muchos días ni siquiera preparaba comida de ningún tipo, y llegó un momento en el que ya no hubo nada en la nevera, ni en la despensa, ni tampoco ropa limpia en los armarios...; y los hombres-niños también nos perdimos en aquella locura.

Voy a recoger la ropa tendida. Lleva todo el día oreándose ahí fuera y ya estará seca. El viento ha cambiado por la tarde, y huele a lluvia.

Ayer me levanté de buen humor y, a pesar del mal tiempo, decidí aventurarme y coger ese autobús que lleva a la ciudad. La idea de tener algo de música se había instalado en mi cabeza, obstinada, machacona, y sabía que no me dejaría en paz hasta conseguir mi capricho porque ya no era capricho: como ocurre siempre, la obsesión lo había convertido en necesidad.

El autobús llevaba ya pasajeros de otros pueblos; iba casi lleno. Tuve que andar con cuidado para no resbalar en el pasillo, plagado de huellas de barro, y me costó encontrar un asiento libre en aquellas filas atestadas, rezumantes de ese calor húmedo que enseguida identifiqué como humano pero que, al mismo tiempo, qué cosas, me resultaba ya remoto. Me coloqué junto a una señora que me cedió, por amabilidad o por evitarse molestias a sí misma, el sitio de la ventana, pues ella bajaría en la siguiente aldea. Lo agradecí. Así es más fácil distraer la vista y que nadie te mire a los ojos. Evito el cruce de miradas cuando estoy demasiado próximo a los demás, porque sé que resulta tan incómodo que la gente entabla estúpidas conversaciones con tal de aligerar el aire. Con lo sencillo que sería mirar hacia otro lado y relajarse, o tal vez, sí, mirarse fijamente, por qué no, observarse sin estar obligados a esas convenciones sociales que resultan torturantes, esos gestos de amabilidad forzada que, por poco que duren, te dejan exhausto. Para qué iba yo a querer saber algo de esa señora. Si le hubiese dado pie, en diez minutos de trayecto me habría contado que viene del funeral de su tío abuelo que era ya muy mayor, estaba muy trabajado y fumaba dos cajetillas diarias, y que qué se le va a hacer, que es ley de vida, que unos se van y otros vienen, porque ella acaba de tener el segundo nieto de su hija mayor, y que la pequeña está soltera y sin novio y vive en la capital donde hace su vida y Dios sabrá qué vida pero así es la vida, y ella tiene que llegar a su casa para atender al ganado, pues la vaca está recién parida y con el frío que está haciendo hay que tener ojo sobre todo los primeros días, que luego la leche está muy rica y a la de la ciudad cuando viene también le gusta.

Para qué, digo, iba yo a querer saber todo eso. Por qué querría que me lo contase si puedo girar la cabeza y evitarme la pesadez de tener que asentir como uno de esos perros con un muelle en el cogote.

De cualquier forma, cuando se bajó, me sentí liberado del peso del silencio. El paisaje era aciago tras las gotas de lluvia que se deslizaban, oblicuas, sobre la superficie del ventanal. Cuando una de ellas se arrima a otra lo suficiente, se funden, se hacen una sola, con más consistencia, y corre a más velocidad. Es una carrera caótica, no sigue más regla que la del azaroso destino: un acelerón, una frenada, una ráfaga de aire del oeste en una curva, el rastro de otra gota anterior sobre el cristal...; cualquier cosa puede hacer que lo que era un minúsculo grano de agua recorra la ventana antes que los demás. Con las personas sucede lo mismo: alguien insignificante tiene un golpe de suerte y su sino le lleva a unirse a otro ser que puede hacerle volar, puede hacerle creer que levita sobre abismos donde otros se hunden. Pero al final todo se reduce a llegar al borde de la cristalera. Y allí empezar de nuevo.

Yo me sentí así dos veces en mi vida. La primera fue con mi chica pantera. Sucedió porque ella se envició con el tabaco. Ese fue mi golpe de fortuna, el regalo que me hizo el destino en mi trayecto por la cristalera de la vida. Avísame cuando tengas otro cigarrillo, me dijo en el autobús que nos llevaba al instituto. Se sentaba siempre atrás, sola, y no hablaba con nadie. Si alguien se dirigía a ella, le lanzaba una mirada de fuego que provocaba que el otro huyese con olor a chamusquina. Aunque muchos lo intentaron, todos se dieron por vencidos. Era, simplemente, intocable. Sin embargo, al pasar por mi lado aquel día, me miró de soslayo y me susurró aquello: Avísame cuando tengas otro cigarrillo. No podía creer mi buena ventura. Y fui incapaz de pensar en otra cosa durante las clases. En el recreo, me dirigí hacia el enrejado que separaba el patio de los chicos del de las chicas, esperando en vano que pasase cerca para decirle que lo tendría esa misma tarde; le habría dicho eso, procurando callar que robaría, que asaltaría la fábrica de tabaco, que mataría si fuese preciso para conseguir uno, dos, los que hiciesen falta para estar unos minutos con ella. Solo logré, en el trayecto de vuelta, balbucear que lo tendría para las cinco y media.

Y esa fue la manera como, día tras día, nos fuimos haciendo amigos; unos extraños amigos a los que tan solo parecía unir el vicio del tabaco. Porque ella no me hablaba y yo no me atrevía a hacerlo. Solo fumábamos; algunas veces del mismo cigarrillo por argucia mía, pues en realidad me resultaba sumamente fácil conseguirlos. Mi madre no estaba para nadie ni para nada, mucho menos para contar sus pitillos; y en cualquier caso, en aquel tiempo yo ya podía comprarlos sin que se me cuestionase. Tenía quince años, para dieciséis, y ni siquiera estaba mi padre para advertirme de las consecuencias de coger ese mal hábito a edades tempranas; porque supongo que mi padre me habría sermoneado un poco. Y lo supongo porque en realidad nunca lo conocí ni me interesé por él. Aunque habría sido lógico que, ante el desprecio de mi madre, me hubiese centrado en su figura, no lo hice. Nunca me importó más allá de lo que sus actos afectaban a nuestra vida, actos que siempre pasaban por el filtro de lo que sintiera mi madre. Aun así, cuando al bajar de aquel autobús el conductor me despidió con un Adiós y felices fiestas, pensé en él. En él y sus hábitos. En sus hábitos y en los míos. En lo que se hereda sin ser consciente de ello. Porque yo también felicitaba la Navidad como un acto de cortesía, de educación; y comencé a hacerlo justo cuando se fue. Mientras estuvo, era él el que tenía el deber de la cordialidad, de la corrección en el trato con los vecinos, con los dependientes de las tiendas, con cualquiera que nos cruzásemos en esas fechas del año. Yo me quedaba en un cómodo segundo plano, callado, sin obligación alguna de ser cortés, pues ya lo hacía mi padre por mí. Felices fiestas, le respondí al conductor, ese hombre educado de padre educado.

Todavía quedan casi dos semanas para Navidad, pero en la ciudad ya lo es. Los escaparates están decorados, hay guirnaldas en las puertas de los edificios oficiales y han colocado un gran árbol en la plaza. La Navidad siempre llega antes a las ciudades, por el afán de consumo, dicen; sin embargo, en los pueblos la alegría se vende mucho más cara. La gente del campo considera un despilfarro la diversión anticipada: tanto regocijo prematuro puede ser castigado, tanto tiempo de festejo es un pecado de hijo pródigo.

He comprado un tocadiscos con radio incorporada. No era mi propósito. La radio no solo te informa sobre las cosas, sino que además te las adelanta, y yo no quiero ni lo uno ni lo otro. Decidí venir aquí para intentar, en lo posible, no saber nada de lo que sucede en el mundo, para no temer nada anticipadamente.

Porque sé que el miedo siempre llega pronto; intenta instalarse cuanto antes. Y el miedo sostenido te destruye. Pero, hombre, ¿ni la previsión del tiempo?, me preguntó el dependiente de la tienda. Me fui con mi cabezonería buscando otros establecimientos en los que, tal vez, vendieran alguno que no tuviese más función que la de hacer sonar la música que yo eligiera. Recorrí las calles comerciales y encontré dos bazares más en los que exponían el mismo tipo de chisme anticuado, con idénticas prestaciones, pero a un precio algo superior. Sabía que el comerciante de la primera tienda sonreiría ufano si volvía allí para comprarlo, y lo cierto es que podía permitirme pagar la escasa diferencia con tal de ahorrarme ese gesto jactancioso que yo le presumía. Pero no era de ley. He comprobado que tiene usted la mejor oferta, le dije. Él sonrió, ufano, sí, y sorprendido, y también contento de deshacerse de un trasto de improbable venta tras la llegada de esos discos compactos. Me fui de allí cargado con una pesada caja, muy bien embalada, que contenía el aparato y siete discos de larga duración.

El resto de las horas las pasé, a cubierto, en el restaurante donde entré a comer un asado típico de la zona, acompañado de un buen vino y servido muy dulcemente por una muchacha de moño rubio. Tal vez vuelva por allí. Sí, a pesar de todo, ayer no fue un mal día.

Escucho hoy a Mahler. Le acompaña el crepitar de los leños que arden en la chimenea. Es sabido que el músico volvió una y otra vez sobre esta sinfonía hasta su muerte. Quizá le faltaba un sonido para darla por buena, tal vez incorporar el chisporroteo de una lumbre. O ese repicar de la lluvia, monótono, en el tejado del porche. Pero es mucho más probable que fuese el miedo lo que hacía que no lograse abandonarla.

Recuerdo un pasaje de Herbert en una de sus célebres novelas. Era un rezo contra el miedo. No me gustaba la obra en particular, solo esa letanía que leí tantas veces que acabé aprendiéndola de memoria. Decía así:

No conoceré el miedo.
El miedo mata la mente.
El miedo es el pequeño mal que conduce
a la destrucción total. Afrontaré mi miedo.
Permitiré que pase sobre mí y a través de mí.
Y cuando haya pasado, giraré mi ojo interior
para escrutar su camino.
Allí por donde mi miedo haya pasado
ya no quedará nada, solo estaré yo.

Tengo miedo. Lo admito. Y sería un desgaste innecesario forzarme a no tenerlo. No hay nadie más que yo aquí; nadie a quien preocupar, nadie a quien convencer, nadie a quien engañar. Sin embargo, de qué sirve aceptarlo y dejar que pase, si siempre vuelve. Puedo convivir con la tristeza, pero el miedo..., ¿acaso puede hacerse del miedo un hogar?

No recuerdo si he traído el libro de Herbert. Si es así, mañana arrancaré esas páginas para encender el fuego.

Hace días que no escribo. Quizá la música me ha venido mal para el espíritu. En estos días pasados he escuchado esos discos una y otra vez, y me he dado cuenta de lo que pueden provocar ciertas notas en el estado de ánimo. Es peligroso dejarse llevar por la melancolía. Lo sé muy bien. Tanto como por la ira. Por eso, hoy he decidido no hacerlo; porque una cosa es aceptar el tono vital con el que te levantas, y otra muy distinta propiciarlo o incluso alimentarlo. Si le das de comer, ya no es tu propio y genuino estado emocional el que rige tus actos, sino un estado adulterado con el producto de penas ajenas, engordado a base de miserias, enfermo de obesidad mórbida. Sí, es un trastorno morboso. La melancolía es traicionera: siempre se presenta como algo cálido y ligero, tranquilo y reposado, e incluso llegamos a ver belleza en ese camino directo hacia el desasosiego. Una vez allí, es complicado desandar lo andado.

Creo que, a fin de cuentas, lo buscamos inconscientemente. El pasado nos condiciona a la hora de tener mucha o poca inclinación a ello: al vicio de la melancolía. Porque la vida nos va machacando hasta que nos defendemos encontrando placer donde, en principio, no lo hay. El masoquismo es una forma de supervivencia. Las emociones, puras y simples al principio, se van torciendo en el cerebro hasta que el placer y el dolor se confunden. Es raro ver a un niño triste. No digo que no los haya. Yo mismo fui un crío poco dado a la alegría. Y es probable que eso me llevara a la desgracia. La alegría es fuerte. Mi hermano era fuerte. Puede que fuese así porque lo criaron en la fortaleza, acogido en la fortaleza de los brazos de mi madre, ese castillo inexpugnable para mí. Una madre puede hacer a un hijo así si quiere. Solo debe decidir tener otro para dárselo al primero, para que este se sienta superior a él, para que el segundo sea su pelele, su niño de paja.

Mi hermano establecía las bases del juego en mi casa, y también fuera de ella. Recuerdo aquella paliza que le dio a su mejor amigo, un día de estío, cerca del claro. Él llegó acompañado de sus dos camaradas y nos vieron a la chica tigre —porque aquel día, lo recuerdo bien, llevaba una blusa de rayas— y a mí saliendo de la choza. Anda, mira el marica, dijo aquel imprudente. ¿Quién es marica?, preguntó mi hermano, ¿Eh?, ¿eh? ¿A quién llamas tú marica? Y se lanzó sobre él enfurecido, dándole un empujón que lo tiró al suelo. Y una vez allí, se lio a mamporros con él, y él con mi hermano, hasta que, rebozados de tierra y sudor, a uno le sangró la nariz y al otro la boca. Pero estaba claro quién había ganado. Y también fue meridiano el motivo de aquella refriega. Mi hermano no pretendía defenderme a mí: solo quería imponer su superioridad. No podía permitir que alguien manchase su sangre. Solo eso. Si tenía un hermano cobarde, toda su estirpe se resentía. Así que, luego en casa, a mí me trató con más desprecio aún, pues supo que para mantener su autoridad era necesario mantener también el honor de su títere. Y eso era un estorbo de por vida. Yo, sin comprender bien las razones en aquel momento, me sentía agradecido por lo que aquello tenía de protección futura —excepto él, no volverían a meterse conmigo—, pero al mismo tiempo estaba profunda y dolorosamente avergonzado. Porque había sido él, y no yo, el que le había pegado a aquel majadero y, sobre todo, porque la escena tuvo lugar en presencia de mi niña pantera, que cuando volvíamos a casa los tres —yo abochornado, él magullado y ella con unos andares diferentes—, le preguntó si le dolía el labio.

Si le dolía el labio. En cambio, apenas unas semanas antes, ella casi me lo había arrancado a mí de un mordisco y, desde luego, no había sido tan considerada conmigo. Fue nuestro primer beso. Era principios del verano, nos habían dado las vacaciones y le propuse bajar al lago para darnos el chapuzón que inauguraría la temporada. Llevábamos el bañador puesto debajo de la ropa, y ninguno de los dos nos atrevíamos a quitárnosla; así que, sentados en las toallas, pusimos como excusa la estupenda ocasión que se nos brindaba para fumar un cigarrillo, pues no había nadie por allí. Ella sacó de su bolsa una botella de Coca-Cola y bebió un sorbo. Luego me invitó. Después nos fumamos otro cigarrillo. Por fin se quitó sus pantalones cortos, pero se cubrió las rodillas, dobladas, con la camisa que llevaba. Me sorprendió la enorme cantidad de tela que había estado metida bajo la cinturilla de aquel short. Entonces yo me quité la camiseta. Y entonces ella se desabrochó los botones. Y entonces yo me incorporé para bajarme el pantalón. Y entonces ella se abrió la camisa dejando a la vista un bañador azul y blanco, de cuadritos de mantel, con un pequeño volante rematando el escote. Me lo ha comprado la estúpida de mi madre, dijo justificando la cursilería (lo que ella consideraba cursilería) de aquella prenda. El mío es herencia de mi hermano, no sé qué es peor, le respondí. Enseguida me di cuenta de que no debía haber dicho eso, sino que era bonito y que le sentaba estupendamente. Pero yo era un pardillo, el pardillo más grande del mundo. Y sin embargo, ella me había elegido para su primer beso. Creo que ya lo tenía decidido antes de ir allí.

Supongo que se lo había planteado como un reto, algo nuevo que experimentar, y no iba a volver a casa sin haberlo conseguido. Así que, como estaba incómoda y comprendió que aquella situación no iba a cambiar en toda la tarde ni con un baño ni con otro pitillo ni con nada, de repente se acercó a mí y estampó violentamente sus labios contra los míos. Fue tan inesperado que solo me di cuenta de lo que estaba pasando porque duró unos segundos, segundos que ella posiblemente estaría contando en su cabeza, tres, cuatro, cinco..., no sé, el tiempo necesario para considerarlo beso de novio según alguna de esas revistas de chicas que leía.

No sé de dónde me salió el valor para, nada más separarse, arrimar de nuevo mi cara a la suya e intentar otro. Entonces me dio una tremenda tarascada en el labio inferior que aún me duele cuando lo recuerdo. Se levantó, volvió a colocarse la camisa en un santiamén, agarró sus cosas y se largó corriendo, dejándome allí con el sabor ferroso de la sangre en mi boca y la botella del refresco vacía.

Tal vez fuera esa la primera vez que confundí el placer con el dolor. Porque su beso fue como la nostalgia: se instaló en mi cabeza como un goce que desembocaba, inevitablemente, en quebranto. Luego, toda mi vida fue lo mismo. Para sentir esa sensación tan cálida tenía que arrimarme tanto a las brasas que rara vez podía detener el impulso y acababa quemándome. Las heridas se convirtieron en secuelas necesarias. El sufrimiento formaba parte de la dicha. Se hicieron uno. Como las gotas de agua en el cristal del autobús. Juntos viajan a mayor velocidad. Hasta que se estrellan.

Esta mañana ha venido un guarda forestal a hacerme una visita. Me encontraba desayunando mi pan tostado al fuego y un delicioso café con leche condensada cuando oí el ruido del motor de un vehículo cerca de la casa. Salí al porche. Apoyé la taza humeante sobre la barandilla de madera y me quedé allí, de pie, esperando a que el tipo saliera de la camioneta. En cuanto vi su rostro supe a qué era debida su presencia en mi casa. Bajé los escalones para ponerme a su altura. No se presentó; pensaría que su uniforme o los colores de su coche eran suficiente tarjeta de presentación. Me tendió la mano con un Buenos días, cómo está usted. Pero no importó ya su cordial saludo ni sus preguntas de rodeo. Sus ojos hablaban mucho más que él. No era una visita de cortesía. Parece que mi presencia en esta casa, dentro de los límites de su supervisión, no es de su agrado; tal vez si lo fuera, hace tiempo que se habría interesado por mí. Seguramente, desde el principio, empezó a oír cosas en el pueblo sobre el tal Escolta. Es forastero, es raro, no sabemos a qué ha venido, no parece dedicarse a nada en particular, es de pocas palabras, quizá sea un monje, se le ve educado pero no es simpático, recibe cartas oficiales del extranjero, es corpulento como un escolta, tal vez lo sea, da un poco de miedo, no sonríe, compra bastante whisky, fue a la ciudad y volvió con un gran paquete, a saber qué era aquello, a saber qué hace en esa casa, a saber cuánto tiempo va a quedarse, a saber qué piensa, a saber qué ha hecho, puede ser un exconvicto, o peor aún, un fugitivo. Y entonces es probable que este hombrecillo, aprovechando su amistad con autoridades y el acceso a la información que le permite su cargo, hiciese indagaciones sobre mi persona. Y todo eso, que no es nada, parece haber sido suficiente para él. Se le nota demasiado que le resulto incómodo. ¿Le gusta la caza?, me preguntó. Ya no albergué duda alguna sobre sus motivos. Sé que los cazadores me han visto por la zona alta de la montaña estos últimos días. En mis paseos matutinos suelo andar colina arriba, hacia la parte donde los árboles se van dispersando hasta desaparecer. Allí en una pequeña llanura hay matas, escobas y canchales; tras ella, el terreno se hace más escarpado y solo veo riscos entre neveros que parecen eternos y que, sin embargo, cada día se desplazan ligeramente ladera abajo, se deshacen un poco y vuelven a hacerse de nuevo. Más allá, a lo lejos, se vislumbran otras cimas totalmente blancas, azuladas, que se confunden con el cielo. Quizá con la llegada del buen tiempo pueda llegar más lejos, pero de momento me quedo en lo alto de esa colina, me siento en un peñasco y respiro el aire gélido y puro. Voy hasta allí caminando despacio, tranquilo, entre los pinos y otros árboles que han perdido sus hojas, con sus raíces y algunas ramas cubiertas de ese musgo de color verde intenso; nunca he visto un verde tan intenso como el de este musgo, ni un cielo tan azul cuando es azul. Subo en zigzag para que la pendiente no me sea tan gravosa y me detengo, de tanto en tanto, a escuchar con atención los ruidos: el murmullo de los pequeños arroyos o el estruendo de otros más grandes que ahora bajan de nuevo enrabietados tras las últimas lluvias; el graznido de un cuervo, el reclamo de algún pajarillo, el picoteo del carpintero; algo huyendo entre la maleza o el aleteo de un búho que asusto a mi paso. También me paro a observar las huellas de animales —que apenas distingo—, las madrigueras —que siempre supongo de zorros o conejos—, el progreso de los frutos del junípero y del acebo...

Siempre cojo una baya de acebo y me la guardo en el bolsillo del abrigo para compararla con otra a la mañana siguiente. Me gusta examinar la evolución natural de las cosas, su ritmo, comprobar que el tiempo sigue pasando y que todo cambia alrededor, porque esa es la prueba de que yo estoy detenido, de que me he convertido en mi propio punto de referencia. Estático, inerte, observo el movimiento de los días, el suceder de los acontecimientos cotidianos, de los objetos y de los seres, animados o inanimados...; esa es la única forma que he encontrado —o intento encontrar— de mantenerme firme ante las fuertes ventiscas. Ser un hombre de roca y no de paja. No luchar, no ir a ninguna parte, no dirigirme obstinadamente hacia una meta, pues nunca he podido evitar que se interpusieran mil obstáculos, imprevisibles todos, a mi paso.

Tengo, encima de la mesa en la que escribo, el pequeño fruto que cogí hoy. Es tan rojo como los labios de mi mujer. Y su piel —he cerrado los ojos para acariciar la baya— tan suave como la suya. Mi mujer. Porque sigue siendo mi mujer, esa mujer. A pesar de que intente imaginar a otra, una diferente para esta vida; a pesar de querer inventar una esposa para el Escolta, la mujer con la que debería haberme casado siempre será la mía.

Y es que, aunque no tenga propósito alguno, sigo deseando. Porque el deseo muere con nosotros. Si no deseara, estaría tan muerto como ese ciervo que hace nada berreaba, incansable, para conseguir hembras, y que ahora yace a medio devorar en la zona alta del bosque.

Las trampas están para los lobos, dijo el guardabosque. Me ha preguntado si no los oigo aullar por las noches. Claro que los oigo, todas las noches, pero le contesté que solo de vez en cuando. Ha intentado explicarse. Dice que su población ha aumentado peligrosamente debido a que los perros de las aldeas suben a la montaña y se cruzan con ellos, y desde luego, por culpa de las restricciones que pone el Estado para el descaste. Dice también que cuando les daban vía libre para las partidas de caza no había problema alguno y los ejemplares que quedaban tras la batida se mantenían lejos de los rebaños. Parece ser que ahora la necesidad los lleva a bajar a los prados, escarban por debajo de las verjas de alambre y hacen verdaderas escabechinas con las ovejas y con los perros pastores; y por si fuera poco, asegura él, están acabando con las liebres y los ciervos y que, claro, aquí la gente caza de toda la vida.

¿Le gusta la caza?, me preguntó. Como si no supiera que he sido yo el que, con una rama, ha hecho saltar todos esos cepos. No, le respondí, animales no. Hizo una mueca por sonrisa y yo se la devolví en los mismos términos. Será mejor que no suba usted por ahí arriba durante estas semanas, me ha advertido; es la temporada de caza del ciervo y cualquiera podría confundirle con uno, ¿entiende? Bien, dije, lo tendré en cuenta.

Mañana subiré de nuevo, como cada día, a coger mi baya de acebo.

Es Navidad.

Al fin estoy teniendo una jodida blanca Navidad en mi vida. Lleva dos días nevando de forma intermitente, pero hace tanto frío que ya se ha formado una gruesa capa y apenas puedo salir de mi cabaña. Todas las mañanas tengo que coger la pala para abrirme camino hasta el leñero. Desde la primera nevada, he procurado hacer acopio de tabaco, comida y bebida, y no creo que vaya a necesitar nada en caso de que esto dure. No obstante, me gustaría haber tenido algo especial para cenar esta noche, no sé, cualquier cosa para celebrarlo. Aunque si hubiera sido realmente previsor, a estas horas tendría preparado un gran banquete, o tal vez un jugoso bizcocho casero de chocolate aprovechando que compré harina. Algo para distraerme y no notar tanto lo solo que estoy, pero más que nada, para no recordar lo solo que he estado cada jodida Navidad, aunque tuviese compañía.

Ahora ya es tarde para eso: para compras extraordinarias, para amasar pasteles y para inventarme una nueva Navidad. Tengo mi botella de whisky, eso sí. Y otras cuatro en el mueble de la cocina. Podría beberme toda una destilería esta noche.

He puesto la maldita radio. Sabía que tarde o temprano acabaría haciéndolo. Por eso sé que es Nochebuena; si no, no habría caído en la cuenta. La cuenta de los días... Qué mal me hace llevar la cuenta de los días.

Suenan villancicos todo el tiempo. Los repiten cada hora. He probado en dos canales más que se sintonizan casi sin interferencias, pero esta noche parece que todos..., joder, el mundo entero interrumpe su emisión habitual para poner esas cancioncillas de mierda, en cualquier idioma, una y otra vez. Y aquí estoy, medio borracho, frustrado solo porque es Navidad y he olvidado comprar dulces, amargado solo porque es Navidad y los recuerdos estallan en esta ausencia de voces, escuchando esa porquería solo porque es Navidad, solo por que haya algo diferente, una jodida y maldita cosa de mierda que me haga distinguir el día de hoy. Y total, para qué. Qué estúpido puedo llegar a ser, qué facilidad para perder el equilibrio, qué cantidad de trampas me pongo a mí mismo. Qué necesidad hay de celebrar nada, de destacar ni un solo día del calendario. Cuánta infelicidad por cosas así. Cuánto dolor acumulado por fechas, por días señalados en los que no se cumplieron las expectativas. Qué de esfuerzo derrochado en forzar la propia actitud, en intentar mejorar el talante; el mío para mí mismo y para alimentar el ajeno; el de la chica pantera para hacerla feliz y que me amase; el de mi hermano para que no la liara como de costumbre en las cenas especiales, y el de mi madre para que no llorase y se fuese a la cama, medio borracha, antes que ningún otro día del año.

Todo era inútil. Todo fue inútil. Todo ha sido inútil.

Todo es inútil ahora. Todo sigue siendo inútil. Inútil.

Inútil.

Entra una luz azulada por la ventana. La nieve es tan blanca ahí fuera que refleja el cielo despejado de hoy. No sé cuántos días han pasado desde Navidad. No sé qué día es, ni me importa. Quizá ya estemos en otro año. Aquí dentro no crecen los acebos. Lo único que me indica el transcurrir del tiempo es la despensa. Y está bastante aminorada. Hace dos días, quizá tres, o cuatro, que ya no me quedan bollos congelados, pero no tengo ningún ánimo para acometer la gran empresa de hacer mi propio pan. Cada día la idea se vuelve más difícil, más ridícula. Amasar no debe de ser sencillo, y ni siquiera sé las proporciones de los ingredientes; tampoco el tiempo que debe estar en el horno ni a qué temperatura. Solo sé que debe reposar, eso sí lo sé. Debe tener un sueño tranquilo y arropado durante unas horas.

Me he levantado muy cansado. Llevo días sin dormir apenas, sin que las pesadillas me den tregua alguna, y bebiendo solo lo empeoro. Pero todas las noches hace presencia la ansiedad, luego el desasosiego y, más tarde, la desesperación; y vuelvo a hundirme en la trampa del alcohol. Es lo único que me alivia durante unas horas. Después me quedo dormido, extenuado por la lucha sostenida a lo largo de todo el día, y me sobresalta el estrépito inesperado de un tarugo que se desmorona en la lumbre. Abro los ojos, incrédulo, frente a la chimenea y hago un esfuerzo titánico para llegar hasta el catre, sacarme por la cabeza el jersey de lana y caer, con este pijama que hace días que no me quito, en esa cama deshecha.

Sin embargo, poco dura la calma, pues despierto cuando aún no ha amanecido y me encuentro a los mismos demonios, que a esas horas, justo antes del alba, se hacen fuertes y campan a sus anchas por la casa. Procuro levantarme para que no me invadan el miedo y la angustia. Echo un tronco a la lumbre y espero, el tiempo que sea, inmóvil, intentando pasar desapercibido hasta que amanece. Entonces me pongo el abrigo encima del pijama y salgo a respirar aire fresco mientras se hace el café. El oxígeno es tan puro aquí que parece sólido; si inspiro demasiado hondo me corta los pulmones. Siento como un atasco que me avisa de que hasta ahí se puede llegar, pero no suelo hacer caso a la primera. Luego me mareo un poco. Cierro los ojos y cuando vuelvo a abrirlos la claridad me deslumbra de nuevo y me ciega dolorosamente. No sé por qué hago esto cada mañana antes de desayunar, como si no fuese bastante el dolor de cabeza y el malestar de la resaca. Tal vez quiero castigarme. Llevo haciéndolo toda la vida y nunca será suficiente. Quizá porque el castigo debe ser impuesto por los demás. El dolor que te infliges a ti mismo no sirve; eso es solo remordimiento. Y la culpa no es bastante pena, aunque lo parezca.

La culpa no soporta los amores limpios de polvo y paja, pero prende fuego al pajar para encontrar la aguja y agujerea el cerebro hasta dar con la falla. Elige mis errores y los de otros, y los revuelve todos en mi nido. La culpa es el diablo por el que ganarse el cielo. Y quiere el pago a su contribución por adelantado. Tiene, en nuestro destino, el papel justo y necesario. La culpa es nuestro deber y salvación. Hay que darle gracias siempre y en todo lugar. En este bosque también.

No sé qué hago aquí. No sé para qué he venido a este lugar tan lejano. ¿Qué esperaba? ¿Que no estuviese aquí el fantasma de mis pecados? Qué iluso. A la culpa solo la mata la penitencia. Y la penitencia la impone la madre, porque la madre es Dios. Pero yo ni siquiera he confesado.

Hace un rato salí de la cabaña y me tiré de boca sobre la nieve. Estoy tan borracho que apenas puedo escribir.

He abandonado los pequeños hábitos que salvan de la locura, pero aún no estoy loco, porque soy consciente de ello. Hace días que no me aseo, he dejado crecer mi barba, me alimento mal y a deshora, y me paso el día recostado en el sillón, frente a la chimenea, con un vaso de whisky al lado, oyendo sin escuchar la radio y leyendo sin atención un libro que no me dice nada. Quizá eso lo haya salvado del fuego hasta ahora.

Ahí fuera, las zonas umbrías aún mantienen una capa blanca inmaculada, y también resiste la nieve sobre las grandes ramas de los pinos. Soportan el peso abatidas hasta que el hielo se desliza, sin previo aviso, y entonces vuelve a nevar levemente bajo las copas. A veces es la leña la que cede y se troncha. Por las noches, oigo amplificado ese crujir de la madera medio viva medio muerta, el sonido de las agujas escarchadas que tintinean con el viento, y a los lobos, o los perros cimarrones, que siguen aullando no demasiado lejos.

La nevada ha bajado lo bastante para poder salir a caminar, pero no lo hago. Para qué. Con qué motivo, señor Escolta, si ya sabes que agarras la nieve con tus manos y crees que esa montaña es tuya, pero nada te pertenece. Llegas a casa cargado. Sacas los puños de los bolsillos, abres la boca, te miras los ojos entre las manchas de azogue del espejo. No hay nada, no sale nada, no ves nada. No hay más que silencio. El alma sigue caída a los pies y el sexo colgando entre las piernas. En los dedos, en la lengua, en el iris, solo silencio. Pretendes hacer de él algo, lo que sea, pues es todo lo que tienes. Pero el silencio es nada. No puedes coger lo que no está. No puedes soltar lo que no has cogido. Solo hay vacío. Para qué caminar entonces, señor Escolta. Le vale a usted con salir al porche a estirar las piernas o con los breves recorridos hasta el leñero cuando vea la lumbre menguada.

Han vuelto a oírse disparos a lo lejos. Supongo que los cazadores regresan a la carga.

¿Tiene usted armas?, me preguntó aquel día el guardabosque. No le hablé, por supuesto, de la Colt que escondo, bien ajustada, entre las hojas recortadas de esa Biblia. Y podría haberlo hecho, pero este escolta está retirado y fuera de servicio hasta nueva orden. Una orden final. Mi propio final.

Te miro, Escolta. Veo tu imagen deformada en ese espejo que tengo enfrente. Detrás de ese rostro está tu amígdala con su mácula de vergüenza, la huella de un diablo desatado durante unas horas. Y eso no va a cambiar. Jamás. Te pongas el nombre que te pongas, vayas a donde vayas. No se puede borrar el pasado ni los surcos que deja.

La ira.

Los celos y la ira pueden hacer que un hombre se pierda para siempre. Cualquier hombre se ve obligado a vivir con todo lo que ha hecho, con intención o sin ella. Lo mismo da. Puedo decir que mi hermano era un cabrón, que mi madre lo hizo así porque era cruel y malvada; que mi novia era una golfa, que se había convertido en eso porque su hogar era peor que la calle; podría culpar a mi padre por su abandono, a su fulana por seducirlo y hasta al jefe de la maldita empresa que nos llevó hasta aquel poblado de mierda. Pero, a fin de cuentas, fui yo el que no pudo, no supo, no fue capaz de evitar que la chica pantera, que era mía, que había sido mía aunque aún no hubiera poseído su cuerpo al completo, se empezara a interesar por mi hermano después de aquella pelea.

De nada sirvió lo que ya habíamos tenido ella y yo, esos momentos tan íntimos, tan nuevos para los dos, dentro del agua o metidos en la choza.

Todas las tardes nos encontrábamos en la orilla de aquella curva del lago. Nos gustaba ese lugar. Quedaba alejado de la zona del embarcadero en el que siempre había otros chicos, incluido mi hermano, que lo preferían para poder tirarse de cabeza al agua y porque había un pequeño bote que solían coger, por turnos, para remar hasta la isla: un pequeño trozo de tierra con las ruinas de una casa que quedó ahí, incomunicada, por la construcción del antiguo embalse.

Nosotros dos, sin cita previa, nos veíamos a solas. La esperaba sentado en la toalla, con un par de coca-colas heladas y tabaco suficiente para mi pequeña viciosa. Ella aparecía con su bañador de cuadros bajo la ropa, que ya se quitaba sin remilgos para zambullirse de golpe y luego, desde la orilla, salpicarme dando patadas al agua. Yo vivía un éxtasis con aquella escena, que se repetía cada día y nunca me cansaba de ver. Aquel bañador blanco y azul, su pelo negro brillante y sus piernas doradas por el sol de media tarde..., una ninfa preciosa, moviéndose a cámara lenta tras las gotas que se me acercaban poco a poco a la cara y que, cuando llegaban, golpeaban directamente en mis ojos como platos. Entra ya, cobarde; gritaba. Y yo despertaba y me ponía en pie y lanzaba mi escuálido cuerpo al lago —como si hubiese sido al infierno, qué más daba— poseído por el deseo. El líquido que tocaba su piel era el mismo que tocaba la mía. Ese solo pensamiento me excitaba lo bastante para hacer hervir el agua de todo aquel embalse. Sin embargo, pronto hubo más razones para volverme loco de pasión y, como es natural, ambicionar otras cosas. Pero esperaba que fuese ella la que se acercara, y con motivo, pues aún me dolía el primer mordisco. Así que la dejé hacer. Se fue arrimando con juegos y un día me hizo una aguadilla, que yo soporté de sobra porque era un buen buceador; al siguiente otra más larga, que simulé no aguantar para coger sus manos mientras me zafaba, y al tercero inventó aquel reto maravilloso: lanzaría a unos metros su brazalete plateado y competiríamos por ver quién lo cogía primero. Lo tiró hacia la parte donde nos cubría bastante, pero no demasiado lejos —pues ya había advertido mi ventaja pulmonar—, y ambos nos sumergimos rápidamente para buscarlo. De dos brazadas submarinas llegué hasta la baratija, que centelleaba entre las piedras del fondo. Agarré el tesoro y al subir me encontré de pronto con su rostro, velado, muy cerca del mío. Quedé fascinado por la imagen de aquella sirena de cabello sinuoso que me miraba, y entonces me besó bajo el agua. Un beso de labios fríos que incendió mi sexo, un beso sin sabor que contenía los gustos más deliciosos, un beso sin olor que portaba las fragancias más exquisitas de la Tierra. Ni siquiera fui consciente, hasta que saqué la cabeza del agua, de que ella había aprovechado mi confusión para arrancarme de la mano su pulsera. Y reía. He ganado, gritaba, agitándola en el aire mientras se alejaba de mí nadando, con un solo brazo, hacia la orilla.

Luego llegaron más besos, dentro y fuera del agua, cada vez más largos, cada día más intensos, cada tarde más juntos nuestros cuerpos. Hasta que ocurrió lo de la choza. No me apetece bajar al lago hoy, me dijo, vayamos a la choza. Y yo obedecí, claro. Nos metimos allí dentro y ella se tumbó boca arriba con las manos detrás de la cabeza y los tobillos cruzados. Yo, de lado, apoyado sobre el codo, la miraba de cerca. Se quejaba por algo de la idiota de su madre o el imbécil de su padre. Apenas podía escuchar lo que decía teniéndola ahí, acostada junto a mí. Hacía calor y fuera cantaban las cigarras. Me llegaban vaharadas de su aroma de ángel. No pude evitar acercar mi mano a su cuello y acariciar, con un solo dedo, la piel de su escote. No me rechazó. La besé, y mientras lo hacía, me atreví a desabrocharle el primer botón de la blusa. En aquel momento daba por seguro que me llevaría un zarpazo, pero no me importaba. Doliese lo que doliese, era un precio bajo a pagar por el placer que yo estaba sintiendo. Además estaba tan excitado que era inevitable: mi cuerpo actuaba ya por su cuenta. De pronto, ella me empujó y yo me preparé para el golpe. Pero en vez de sacudirme, se sentó encima de mí, justo sobre el bulto duro que yo tenía entre las piernas. Y empezó a moverse hacia delante y hacia atrás. Se estaba masturbando conmigo, y yo no podía creerlo. Se abrió la blusa, mostrándome sus pequeños pechos de piel blanca, luminosa. Me invitaba a tocarlos, y cuando lo hice, pensé que el miembro me iba a estallar dentro de los pantalones. Tenía miedo de correrme, pero quería hacerlo. Quería hacerlo, pero debía evitarlo, pues si ocurría, aquella pequeña diosa felina dejaría de bailar sobre mi cuerpo. Y yo no podía permitirme eso. La observé durante su danza: su vientre se contraía y se relajaba por encima de la cinturilla de los pantalones cortos, sus pezones estaban erectos, sus ojos cerrados..., hasta que los abrió, mirándome con un gesto que no supe interpretar si era de sorpresa, de desprecio o de dolor. Y entonces gimió repetidas veces y, como la gata que era, me arañó tan fuerte en el pecho que me hizo gemir a mí.

Se recompuso, se abrochó la blusa en silencio y, aún con el rostro arrebolado por el frenesí y la vergüenza, me dijo: Vámonos. Justo al salir, vimos a mi hermano y sus amigos acercándose por el claro del bosque. Y entonces tuvo lugar aquella pelea que lo cambió todo.

Pasan ahora por mi cabeza esos momentos; vuelvo a ver a mi chica conmigo y luego sin mí. Conmigo y con otro. Encima de mi cuerpo y debajo del cuerpo de mi hermano.

Lo recuerdo y me excito. No entenderé nunca por qué. Me toco la polla. Se suceden las imágenes y me invade de nuevo la ira. La cólera está en el mismo lugar que el deseo animal. Ambas pulsiones conviven en el mismo instinto. Tengo el sexo duro, endurecido por el apetito y la furia. Debería coger de nuevo ese autobús a la ciudad, buscar una puta, agarrarla del brazo y llevarla a una habitación cualquiera, de cualquier hotel. Follármela como una bestia salvaje y matarla con mis propias manos. Después, sentado en el borde de la cama, me quedaría observando su cuerpo inerte como el que mira las naves arder. O le daría la espalda y emprendería un nuevo camino. El caso sería estar seguro de temer, o de no tener miedo; darme a mí mismo ese aspecto tranquilizador de algunas gentes.

Pero no. No serviría de nada. Yo no lograría empobrecer mi conciencia.

He conseguido atrapar una cucaracha que ha aparecido, de pronto, en mi cocina.

Dicen que pueden vivir siete días sin cabeza. Si eso es cierto, eso es tener fe. Fe ciega, sí señor.

He querido comprobarlo. La he agarrado suavemente para no dañarla y se la he cortado con la hoja de la gillette. Ahora están ahí, su cabeza y ella, o ella y su cuerpo —según se mire—, en una pequeña caja de cerillas. Lleva un rato moviendo las patas. No sé si ella puede verse.

Si es así, será difícil que pierda su fe.

Eh, tú, le digo, es difícil perder la fe. Te resultará difícil perder tu fe porque sabes exactamente dónde está.

Es difícil perder la fe cuando sabes exactamente dónde está. Será difícil perder mi fe mientras sepa exactamente dónde está.

Está en mi cabeza. Y necesito perder de vista mi cuerpo para deshacerme de la fe, de la absurda esperanza de tener un mañana distinto.

Tengo una pequeña gotera en la casa. Justo encima de la bañera. Es una suerte, después de todo, que así sea; me evita tener que poner un cubo para recoger el agua. Pero el sonido del goteo es recalcitrante, tac, tac, tac... Es como un reloj maldito que me recuerda que nada ni nadie puede escapar de las horas, que siguen pasando y los días se suceden, uno tras otro, inexorables, sin posibilidad de pararlos ni mucho menos darles marcha atrás.

A veces imagino que el agua toma el sentido contrario, desafía la gravedad y sube a lo largo de su curso por los arroyos de la ladera, o metiéndose por los veneros viaja bajo tierra hasta las altas cumbres, y allí se convierte en hielo. Me sorprende volver a ser, por un momento, aquel crío que soñaba con poder revertir el flujo temporal, volver a empezar de cero, o llegar de nuevo al punto de partida y quedarte allí, congelado, sin más, sin tener que afrontar los peligros que supone avanzar. Sin embargo, pronto llega el adulto para recordarme que es inútil, y que desde el instante en que el azar nos toca con su vara envenenada, estamos a merced del tiempo, o lo que es lo mismo, a la intemperie.

Salimos del útero materno para entrar en un vientre de alquiler. Somos embriones ajenos, solos, perdidos en un espacio donde advierten: Responde si se te pregunta. Calla mientras te hablo. Habla cuando te toque. Encerrados junto a amigos invisibles que llamamos fantasmas, junto a fantasmas que llamamos enemigos..., y sin pronóstico del tiempo que vendrá. ¡Yo no pertenezco!, he gritado en medio del bosque. ¡Solo pasaba por aquí!, me desgañito, de rodillas, mirando al cielo entre los árboles. Lo único que consigo es asustar al búho, que sale aleteando entre las ramas. Como respuesta, un eco impreciso que me devuelve la montaña. Y cuando pasa la reverberación de mis alaridos, sigo oyendo el rumor del reguero, vuelve poco a poco el trino de algunos pájaros, y sé que el mochuelo me observa, no muy lejos, para regresar a su refugio cuando yo me haya ido.

Lo hice ayer, anteayer, el otro, y no hubo respuesta. Lo he hecho hoy, y sigue sin haberla. Qué largo y qué escabroso es el nacimiento de mi esqueleto.

Anoche me quedé dormido leyendo a Kafka. La visión de la cucaracha decapitada y muerta —que finalmente perdió la fe mucho antes de lo esperado— me llevó a coger ese libro: *La metamorfosis*.

Al igual que el protagonista, yo también soy un pelele. Y como él, también un día me transformé en monstruo. Me pregunto qué tipo de pecado habría cometido Gregor, porque uno no se vuelve un repugnante insecto porque sí. Algo tuvo que hacer antes de aquello. Algo horrible. Y tampoco lo confesó; ni siquiera en los últimos días en los que, herido y lleno de tristeza, se dejó morir.

El autor no nos lo dice, pero ese bicho no era inocente. Nos hace compadecernos de él —incluso cogerle simpatía— a fuerza de leer de qué manera pena por su indefensión, cómo y de qué forma queda sometido a la crueldad del rechazo; nos obliga a ver a los demás como los verdaderos monstruos, cuando en realidad solo son personas asustadas. Temen lo mismo que cualquiera: la miseria, el desprecio, la soledad.

Todos asumen a ese enorme chinche como pueden. Pero nadie pide por él, nadie reza por que sane. No hay fe. Y esa es la prueba del delito: la culpa; una culpa inexpiable, una por algo tan espantoso para que no haya perdón; no existe enmienda para él, no hay esperanza. Tan solo un atisbo de ello en su madre, porque la fe de una madre es... debería ser... ¿Sabría la madre lo que hizo su hijo para acabar así? ¿O tal vez se lo imaginaba porque lo conocía bien, como la mía a mí?

Fue ella quien me descubrió con forma de cucaracha. Me despertó temprano para preguntarme por mi hermano, que dónde estaba. No cuestionó si acaso yo lo sabía. Dio por hecho que sí. Aunque parecía pasar sus días sin atender a nada, ni a hijos, ni a comida, ni a casa, ni a nada..., a pesar de que era yo el que llevaba tiempo encargándome de las compras, de cocinar o de hacer la colada, ella se dio cuenta de que su hijo mayor no había pasado la noche en casa. Me zarandeó para que espabilase y volvió a preguntar. Le dije que no lo sabía, pero se quedó unos segundos con sus pupilas clavadas en las mías, y entonces vio al monstruo. Todo lo que vino después, su conversación telefónica con la policía, la búsqueda, la llamada urgente a mi padre, la llegada del abuelo, los vecinos, el funeral..., todo eso, digo, no es más que una nebulosa en mi cabeza. Yo estaba en estado de shock, sin dar crédito a lo que estaba ocurriendo. Miraba mi cuerpo y descubría un exoesqueleto negro que no reconocía. Miraba a mi madre, de negro, a mi padre, de negro, a sus compañeros, amigos, familiares y vecinos, todos de negro, como contagiados, condenados por un pecado ajeno. Pero a mí no me importaba su negrura; solo me importaba la mía. Si era capaz de quitarme esa oscuridad de encima, esa piel dura y horrenda, todo se solucionaría, las cosas volverían a ser como antes de aquella terrible pesadilla.

La bofetada de mi madre me hizo ser consciente de que no era un mal sueño. Cuando todos se fueron y nos quedamos solos en la casa, se sentó en el sofá y se fumó un cigarrillo lentamente, con la mirada perdida en alguna parte del salón. Parecía muy serena, muy tranquila, excesivamente sosegada. Apagó el pitillo en el cenicero y se levantó despacio. Vino hacia mí. Me miró fijamente a los ojos durante lo que me pareció una eternidad, y me soltó una bofetada con toda esa fuerza que da la locura y la convicción de que nada puede ya importar, de que un tumor se ha instalado para siempre y no hay remedio, no hay cura, no hay esperanza. Vete, me dijo, recoge tus cosas y lárgate. No quiero verte nunca más, me oyes, nunca más. Ni siquiera hablé, no confesé, no supliqué. Sabía que era inútil. La falta era demasiado grande, y la sentencia, inapelable. Mi madre dejando un sobre encima de la mesa, mi madre caminando despacio hacia su habitación, mi madre cerrando suavemente la puerta de su cuarto. Esa es la última imagen que tengo de ella, mi madre, mi querida madre, mi ansiada madre.

No sé cuánto tiempo estuve durmiendo anoche, frente al fuego apagado, con el libro de Kafka entre las manos. Lo puse torpemente sobre la mesita y al hacerlo, derramé el vaso de whisky. Era mi último vaso de whisky. No me importó demasiado. En realidad estaba deseando acabar con todo el alcohol para obligarme a ver las cosas objetivamente. Creo que ha llegado el momento de tomar una decisión con respecto a mi vida y quiero que esta sea serena. Sin embargo, me temo que la lucidez puede tardar en llegar unos días, pues cuando me he levantado esta mañana, tiritando, este cuaderno estaba abierto sobre la mesa. Juraría que ayer ni siquiera lo toqué, pero es mi letra y no recuerdo haber escrito esto:

Querido Escolta:

Basta. Renuncia. Claudica de una vez. ¿No sabes ya que a la paz solo se llega si hay contienda previa? A estas alturas deberías saberlo muy bien. ¿Tan difícil es de comprender? Deja de ver espejismos. Abandona ese afán de concordia contigo mismo o con cualquiera solo porque sí. Resultas absurdo buscando armonía, una y otra vez, como una mosca contra el cristal. No te hice mosca.

Te hice hombre. Y no sois peores. Piensa en Gregor Samsa despertando con figura humana en un hormiguero. Desiste. Cede. Ríndete al conflicto. Siempre buscaréis la paz en la lucha. Es algo natural pero difícil de asumir, como vuestra propia mortalidad.

Fdo.: DIOS

Estoy perdiendo la cabeza. O tal vez solo es la memoria inmediata. Quizá sea el delirio provocado por el exceso de alcohol. Pero también puede que haya sido una especie de escritura automática. ¿Quién me ha hablado así? ¿De qué recóndito lugar del alma ha salido eso, esa invitación a qué? ¿A reconciliarme a través de esta lid interna? Pues bien, querido Dios, tú hiciste las reglas. Pero resulta que me pillas ya agotado para el combate, y precisamente es este cansancio el que, día a día, te va ganando terreno. Cada jornada asumo un poco más mi mortalidad.

Esa gotera es la responsable de mi desasosiego. Tac, tac, tac, tac... Siento que tengo algo que hacer y se me acaba el tiempo. Es una tontería. En realidad ya he tachado todos los palitos en mi celda. Solo me queda salir por esa puerta, o lo que es lo mismo, salir de este cuerpo. Pero me resisto, puta vida, y me invento excusas.

Ayer fue la idea de que no iba a dejar este mundo sin comerme un buen chuletón de vaca, para lo que tuve que vestirme y bajar al pueblo, caminando bajo la lluvia, comprar la carne y, ya que estaba allí, otras cosas; demasiadas para alguien que tiene pensado irse. Cada vez que la mujer de la tienda me miraba a los ojos, con esos grises suyos, y me preguntaba sonriendo: ¿Algo más?, no podía evitar pedirle otro producto cualquiera, sin pensar. Fue difícil parar aquello. Absurdo como si un condenado a muerte, después de su última cena, le pidiese al carcelero que le guarde las sobras.

Y hoy he decidido que no puedo morir sin estar de nuevo con una mujer, porque para lograr mi objetivo, me digo, es necesario reconstruir el cuerpo a partir de otra voz y bestializarse; volver a ser intrépido como el primer orgasmo; que no sea finalmente una cuestión de echarle valor de forma consciente, sino de dejarse llevar por lo inevitable. A pesar de eso, sé que la verdad es mucho más sencilla: la carne es débil hasta el último momento. Y no me refiero al sexo. Es algo aún más simple: es el instinto de supervivencia.

Pero basta de estúpidas cuitas. Sea por lo que sea, apruebo mi propia moción y resuelvo que sí, que lo haré. Mañana mismo cogeré ese autobús a la ciudad. Soy lo bastante atractivo para intentar conquistar a una mujer y llevármela a la cama, pero no quiero perder más tiempo con ese pretexto. Cuando llegue, simplemente compraré el periódico y buscaré en la página de contactos el número de alguna prostituta que se anuncie discretamente; no porque me importe ya la discreción, sino porque ese detalle la revelará como algo más selecta que una vulgar ramera de clientes medio analfabetos. Entraré en una cafetería, pediré una copa para darme valor y la llamaré desde allí mismo. Tal vez pase la noche con ella en algún hotel, en el mejor de la ciudad, por qué no.

Tengo que afeitarme. Y necesito un buen aseo. Metido en la bañera, veré esa gota maldita caer en el agua. Puedo poner algo de música para mitigar el sonido; a Händel, por ejemplo. Sí, eso haré. Me quedaré un buen rato a remojo en el agua caliente para que salga toda la mugre acumulada durante estos días de insania. Quiero estar limpio y arreglado para esa mujer. No es solo una cuestión de respeto; es que quiero gustarle. Si le desagrada mi aspecto no será amable conmigo, y yo necesito volver a sentir las formas del amor, aunque sean fingidas, aunque solo sea un espectáculo que dure unas horas. También se nos revuelve el alma y lloramos con una obra de teatro, una película, un libro..., y sabemos que es ficción. Hace mucho tiempo que no me acuesto con alguien. Aún no le he sido infiel a mi mujer. La única deslealtad que he cometido con ella ha sido la estúpida pretensión de inventarme una para este sitio, para regalársela al

Escolta. Y ha sido inútil. Aún la deseo tanto... Sé que es insustituible y mi corazón no acaba de aceptarlo. Mírame, no tiro la toalla. Aquí estoy, planeando un encuentro, poniéndole un ridículo cuidado al asunto, como si fuera el comienzo de algo.

Me toco los músculos de los brazos, de las piernas, el pecho, meto un poco la barriga. Mi cuerpo ya no está tan firme, incluido el pene, claro está, pero es bastante aceptable para mi edad. No he perdido toda la tonicidad que cultivé durante años en el Ejército. A mi mujer le gustaba mi porte. Pero, claro, ella no conoció al chico enclenque. Tal vez si en vez de leer tanto hubiese hecho más ejercicio en aquellos años del poblado, la chica pantera no se habría fijado en mi hermano. Él participaba en cualquier tipo de deporte, especialmente en el fútbol. Perteneció al equipo del colegio, en el que ya era un gran goleador y golpeador, y después lo ficharon para el club comarcal, donde empezaba a destacar como promesa. Tenía un cuerpo vigoroso y ágil, forjado no solo en el entrenamiento, sino también en las peleas. Le encantaba picar a todo el mundo, sentirse poderoso, temido, invencible. Y para eso era necesario reafirmarse cada pocos días. Yo apenas le daba la oportunidad. Soportaba sus insultos, sus desprecios, sus chantajes, sus burlas, sus provocaciones diarias... Aguantaba estoicamente que le diese un manotazo al libro que yo estuviese leyendo al pasar por mi lado. Me agachaba a recogerlo y seguía a lo mío. A veces pasaba de nuevo, y volvía a hacer lo mismo. Yo callaba. Y él regresaba otra vez. Entonces solía levantarme e irme a otro sitio. Sabía muy bien cómo acabaría la escena en caso de responder al desafío.

Un día de aquellos, en el porche, estaba yo inmerso en la lectura de algo, tal vez fuese *Moby Dick*, y él me sorprendió por la espalda para, como era su costumbre, tirarme el libro al suelo.

Yo le miré con un odio infinito y entonces me dijo: Que está ahí tu novia, subnormal. La chica pantera acababa de aparecer tras la valla de mi casa. No solía hacerlo y aquello me pilló desprevenido. Dejé inmediatamente la novela y nos fuimos al lago. ¿Por qué le has dicho a tu hermano que soy tu novia?, me preguntó enfadada. No soy tu novia, entérate bien; yo no soy la novia de nadie. Ese día no me dejó tocarla. Un beso rápido en los labios, eso fue todo. Mañana podemos ir al embarcadero, propuso como lo hacía ella, es decir, sin dar posibilidad alguna de negarse. Así que fuimos allí, al día siguiente y todos los demás. Desde entonces nos bañamos en la zona concurrida, donde ella veía cómo mi hermano daba piruetas en el aire antes de caer al agua, donde podía observar su cuerpo viril nadando a crol —bastante peor que yo, pero eso no importaba—, donde la sorprendía con una sonrisa en la boca cada vez que él hacía una payasada. Y él también debió de darse cuenta, porque nunca había visto a mi hermano exhibirse de aquella forma. Intentaba parecer despreocupado en sus movimientos, espontáneo en sus bromas y en sus estúpidos juegos con los amigos, natural en la forma de remar para definir sus bíceps..., pero yo le conocía. Si había ahí un juego, por encima de cualquier otro, era el de la seducción. Y lo estaba consiguiendo. La chica pantera se metía en el agua cuando estaba él dentro, y me ardía la cara solo de pensar, como pensaba siempre, que el líquido que tocaba su piel estaba tocando también la de ella. Cada tarde se acercaba un poco más a mi hermano y se distanciaba ese mismo tanto de mí. Hasta el día en que, estando ella al borde de las maderas del embarcadero, él se levantó de la toalla como un rayo y corrió cual gamo hasta llegar a su vera para tirarse a bomba y salpicarla. La vi estremecerse, pero tres segundos después se lanzó al lago y le persiguió para hacerle una aguadilla. Él, que hacía pie, se puso rígido y ella no era capaz de sumergirle la cabeza. Sonreía ufano, y mi chica pantera no se daba por vencida. Cogía impulso y lo intentaba, una y otra vez; divertida, con los ojos fulgurantes, le decía: Te vas a enterar. Y yo, mirando aquello, sentí mi corazón estallar de rabia y de celos, mientras gritaba en mi interior: ¡Basta!

¡Basta! ¡¡Basta!!

Es maja tu novia, me decía delante de ella. No soy su novia, replicaba ella enseguida. Hoy vamos a hacer espiritismo en la choza, podéis venir tu novia y tú. Que no soy su novia, insistía mi chica pantera. Mañana hemos quedado para preparar una mezcla explosiva de bebidas, estáis invitados si queréis, tu novia y tú. Que no soy su novia, a ver si te enteras de una vez, le gritaba. Y mi hermano se iba riendo, disfrutando del buen resultado que daba aquella estrategia, aquel acto de verdadero sadismo en el que era tan fácil que la chica tigre me arañase el alma cada vez que me negaba. Así que se reía, sí, pero no de ella o de la situación: se reía de mí, su pelele.

Mi chica, porque para mí seguía siendo mía a pesar de todo, empezó a rechazarme cuando estábamos con ellos, y por supuesto jamás se dejó besar delante de mi hermano. Todo caía en picado, pero yo creía que nuestra relación se podía recuperar, pensaba que sería capaz de conquistarla de nuevo, o simplemente que llegaría un momento en el que abriese sus ojos cegados y le viese a él como realmente era: un payaso, un engreído, un egoísta, un macarra que lo único que tenía en la cabeza era serrín y que no servía para nada excepto para correr y meterse en líos. Y lo esperaba de ella porque sabía que con mi hermano no podía contar para que dejase aquel estúpido flirteo. La chica le daba igual, jamás la habría amado; pero no estaba dispuesto a dejar de divertirse a mi costa.

Y todo sucedió demasiado rápido.

Dice mi hermana que te diga que hoy no va a bañarse, mandó decir a su hermanillo con lengua de trapo. Bien, pensé casi con alivio, porque sabía que mi hermano estaba allí con sus amigos. Me quedé leyendo en el porche un buen rato, tranquilo; no me importaba no poder verla ese día. Necesitaba un respiro y solo me lo podía dar no tenerle a él enfrente haciendo el idiota y a ella siguiéndole el juego. Pero al cabo de, no sé, una hora tal vez, no pude evitar la tentación de acercarme al jardín de su casa por si se asomaba a la puerta. No debí hacerlo. Lo único que conseguí fue oír a su madre renegando porque dónde estaría esta niña que no tiene consideración ninguna y no es capaz de ayudarme ni siquiera para quedarse un rato cuidando a sus hermanos. Así supe que no estaba en casa. Lo primero que se me ocurrió fue comprobar si había salido a dar una vuelta por el parque de los columpios, o se había acercado al pequeño colmado a comprar chicles, o tal vez había discutido con su madre y se había refugiado en la choza del claro del bosque. Nada. Recorrí todos esos lugares sin éxito. Me senté a esperarla bajo un árbol, al borde del camino por el que, inevitablemente, debía pasar para regresar a casa. Y al rato, se me ocurrió que quizá hubiese cambiado de opinión y decidiera bajar al lago. Me puse en pie de un salto y caminando a grandes zancadas, con el corazón desbocado, cogí la senda que llevaba al embarcadero. Los chicos ya venían de vuelta con sus toallas colgadas al cuello, y poco antes de llegar me encontré de frente con los amigos de mi hermano. Pero él no iba entre ellos. Cuando me vieron, cuchichearon algo entre risas. ¿Está abajo mi hermano?, les pregunté.

Se encogieron de hombros. Quién sabe, respondió uno. Y yo seguí andando mientras oía a mi espalda decir a otro: Pobre infeliz.

Corrí el resto del camino y cuando llegué... Dios, mis sospechas tomaron forma. Ya no quedaba nadie en la orilla, pero podía distinguir perfectamente la pequeña barca de remos en la riba de la isla. Supe que eran ellos los que habían llegado hasta allí. Estaban juntos, no tenía la menor duda. La furia hizo que no lo pensara un instante, me quitara la ropa y me lanzase al agua. Tenía que llegar al otro lado, tenía que evitar que pasase lo que temía que podía suceder, o bien verlo con mis propios ojos. ¿Para qué? Bueno, en esos momentos nunca nos preguntamos por las consecuencias de nuestra curiosidad. Simplemente necesitaba presentarme allí, decir: Aquí estoy, no creáis que podéis engañarme, no penséis que estáis a salvo, no soy idiota; daos cuenta, al menos, de que estáis destrozando mi vida. Ya ves, como si a alguno de los dos le importase lo más mínimo.

Sabía que era capaz de nadar hasta el islote. Ya lo había hecho en otra ocasión el verano anterior, para vergüenza de mi hermano, que no se atrevió y tuvo que poner la excusa de que se había torcido un tobillo. Después de todo, lo único que él sabía hacer era pelear cerca de la orilla; jamás habría podido soportar esa derrota ni reconocer que yo le superaba, con creces, en un medio acuático. Solo necesitaba ir despacio y descansar un par de veces o tres dejándome flotar boca arriba. Y así lo hice.

No recuerdo lo que iba pensando durante la travesía. Probablemente nada. Llegar. Solo llegar y verlos era mi meta. Llegar, verlos, y que me vieran.

Arruinarles el momento si me encontraba lo que temía, eso era todo.

En cambio, lo que acabé arruinando fue mi vida.

Estaban detrás de un muro de aquella casa derruida. No hizo falta buscarlos demasiado. Ni siquiera oyeron mis jadeos en la orilla cuando llegué agotado, porque los suyos sonaban más altos. Podía haberme largado sin más, o esperar a que acabasen, hacerme el encontradizo y volver juntos en la barca como si nada. Pero ya no era posible. Tenía que verlos. Me acerqué en silencio. Mi hermano estaba entre sus piernas, con el bañador bajado hasta las rodillas, y la embestía con fuerza. Ella se quejaba; por un momento quise rescatarla, arrancar a mi chica de los brazos de aquel animal, pero me di cuenta a tiempo de que en realidad agarraba el culo de él con las dos manos para llevarlo hacia su cuerpo.

He revivido tantas veces esa maldita escena... Tantas veces me ha vuelto loco de ira... Cuántos días el recuerdo de aquella imagen desató una excitación, una violencia tal que acababa masturbándome con saña, con el mismo furor que sentí aquel atardecer de verano. Luego, apenas había estallado el orgasmo, caía encima de mí el horrible peso del remordimiento, las preguntas ¿Por qué? ¿Por qué lo hago? ¿Por qué lo hice?, y el llanto incontrolado. Pero, para mí, en aquella imagen estaba concentrada toda la amargura del mundo y toda la irritación del Universo. El dolor fue tan fuerte que anulaba toda lógica y se imponía el instinto.

A pesar de que mi impulso primario fue matarlos a los dos, agarrar una piedra y golpearlos en la cabeza hasta acabar con ellos, me pareció peor castigo coger el bote, largarme y dejarlos allí. Ellos no se atreverían a cruzar a nado, así que quedarían expuestos a la vergüenza de tener que pasar la noche entre aquellas ruinas, de pedir ayuda desde la orilla a la mañana siguiente y que todo el mundo se enterase de lo que habían hecho. Él quedaría humillado por su torpeza, por la risa de todos, rebajado en su estatus de macho airoso e infalible; y ella marcada por el escándalo, castigada por su padre y arrestada para siempre en aquel maldito poblado. Y eso hice: remar hasta el embarcadero con el alma en llamas. Cuando llegué me di cuenta de que estaba oscureciendo. Empujé el bote para que quedase a la deriva y, sin volver la vista atrás, me fui a casa.

El buzo de la Policía no tardó en encontrar sus cuerpos. Ahogados en medio del lago.

Me he levantado para coger un libro de Cioran. He buscado esta cita que tengo subrayada: «No vengarse es encadenarse a la idea del perdón, es hundirse en ella, es tornarse impuro a causa del dolor que se le ahoga a uno dentro».

Bien, Cioran, pero ¿cómo se mide el daño? ¿Cómo estar seguro de vengarse en la justa medida? ¿Cómo evitar resarcirse en exceso? ¿Qué pasa con la culpa del exceso? Y sobre todo, ¿qué ocurre cuando de quien quieres vengarte es de ti mismo?

Oh, Cioran; en el pasado quise creer que estabas en lo cierto. Te leí con fruición cuando trataba inútilmente de justificarme. Me ayudaste a sobrevivir durante un tiempo. Ni siquiera tengo ahora eso que agradecerte. Me diste un aliento pobre y envenenado para ir tirando. Es justo que yo ahora me vengue de ti, es necesario que ardas en el infierno.

Cogí el autobús. Entré en él un poco encogido, como si con eso pudiese evitar que se me pegasen a la ropa los hedores humanos. Yo estaba limpio, elegantemente vestido y lucía un recorte perfecto en mi barba. No pude evadir las miradas de los campesinos, que montaban con las botas salpicadas de fango seco. Cada mirada me ensuciaba un poco. Cada aldeano que subía soltaba su hálito montuno, y casi podía ver el vaho que desprendía la mugre de sus prendas ajadas.

Debí coger un taxi, pensé. Era ridículo ir a lo que iba viajando en autobús. Me dirigía a la ciudad para estar con una puta, a la que pagaría sus servicios pero mandaría yo. Fui consciente de mi soberbia anticipada con todos aquellos viajeros, y sin embargo, cuando llegó la hora y me encontré cara a cara con aquella prostituta en el cuarto del hotel, me sentí tan sucio como los aldeanos del coche de línea, y comprendí que no eran ellos los que me habían asqueado, sino yo a mí mismo.

Era bonita. Pero no como mi mujer. Se soltó el recogido. Su pelo era oscuro. Pero no era el de mi mujer. Desabrochó los botones de su blusa. Pero sus dedos no eran tan finos ni sus manos tan diestras como las de mi mujer. Descalzó sus pies y no eran hermosos, como los suyos. Sus pechos eran voluminosos, de esos de pezones grandes; no era mi preciosa afrodita. Se quitó las bragas; ese sexo era de cualquiera y, en cambio, su boca de nadie. Sus palabras eran aprendidas, y aquellos movimientos, que nada tenían que ver con la elegancia de mi mujer, los repetiría todos los días, Dios sabe las veces, quién sabe con cuántos.

Estaba bloqueado. Solo podía recordarla a ella en aquella otra habitación, con mi camisa blanca remangada, acercándose a mí con paso firme. Yo lo que quería era sentir aquel intenso aroma a hembra, el sabor ácido de su pecho en mi boca, esa mirada suya, febril e impaciente, de verdadero deseo. El deseo no se puede fingir. Yo anhelaba la dura fragilidad de mi mujer, su cuerpo de seda bajo el mío, abrirme paso, lentamente, y sentir que podría quedarme ahí a pasar la eternidad. Yo ansiaba dar y recibir un placer sincero. Y eso no se iba a ocurrir en ese cuarto excesivamente iluminado.

Pero eso ya lo sabías antes de venir, me dije. ¿Qué necesidad tenías tú de estar aquí?, me pregunté. ¿No ves que hay focos que destrozan? ¿Sombras que hacen palidecer los labios que amas? Solo estaba mendigando calor, unos cuantos rayos de esa templanza que reconforta un poco el espíritu. Pero hay luces que te quiebran, una claridad que deja ver las pupilas resplandecientes de dolor y de arcada contenida. Acosté boca abajo a esa prostituta para no tener que mirarla a la cara, para que no viese mis ojos cerrados intentando pensar en otra; evitaba el roce con su cuerpo en el afán de ensuciarme lo menos posible con ese acto que yo estaba considerando deshonesto, conmigo, con ella, y con mi mujer.

Cuando acabé se vistió en silencio. Le di el dinero en silencio. Me quedé tendido en la cama en silencio. Se marchó en silencio. El futuro fue abandonado en ese instante; pero qué más da, si en el presente todo el mundo se hace el muerto. Tal vez todos estamos hartos de hacer del árbol un cadalso y de la horca un columpio, de engordar esperanzas para dejarlas morir, de odiar o amar la vida sin ser nunca correspondido.

No me ha venido mal la visita a la ciudad. He podido observarla sin adornos, sin tapujos navideños. Me ha dado la oportunidad de reafirmarme en mi propósito, pues solo en un claro puede verse el bosque. Y lo que he visto es un varadero de cuerpos rotos; gente con remiendos de vida, muerta de frío, tal vez por dormir en cama de muerto, como yo. Me pregunto adónde va el calor de los muertos.

Estoy listo. Después de todo, Vida, no te debo nada. Tú quisiste tenerme aquí. El miembro de mi padre fue un émbolo inocente. Como el de su padre, y el del padre de su padre. Nada tengo que expiar frente a ti. Es justo que me permitas alterar el devenir sagrado de la existencia.

Oigo disparos a lo lejos. Los cazadores estarán tranquilos y agradecidos al guarda, pues no me han vuelto a ver. Ellos no saben de mis razones; pensarán que ese agente forestal, pobre diablo, fue capaz de amilanarme. Poco puede importarme eso ya. Tal vez, si subiera ahora por allí arriba y me escondiera entre la maleza, harían ellos mi trabajo.

Miro por la ventana. Se ven bancos de niebla cruzando lentamente las montañas. Fuera hay una lluvia sin agua. Dentro, un llanto de piedra. Elige, me digo, escoge un sitio para despedirte. Y en plenas facultades y, tal vez, como último acto de rebeldía, decido que sea fuera, arriba, en la cima de esta colina.

Me he acercado a coger la Biblia. A su lado reposaba un libro ilustrado con pinturas de Böcklin. Hay un autorretrato en el que la Muerte, representada por un esqueleto, toca tras él un violín al que solo le queda una cuerda. El artista parece sorprendido; escucha atento; en su mano, un pincel manchado del color de la esperanza. Está pintando la que sabe que puede ser su última obra. Es una anunciación; la más hermosa que he visto nunca. Última cuerda, querido Böcklin, parece decirle.

Yo me parezco a Böcklin.

Böcklin soy yo. En vez de pintar, escribo. Y la calavera susurra a mi espalda que esto se acaba, que está ya agotado como las hojas de este cuaderno.

Querido Escolta, me dice, ni siquiera sospechas el sufrimiento que supone este brutal deseo de tenerte. Toco sin tregua, para que cuando esta última cuerda se rompa, cuando ya no oigas la música desafinada de la vida, sino el precioso silencio de mi mundo, seas al fin mío, como siempre lo fuiste.

Volverás a casa; y no temas, mi amado: nunca recordarás de qué has muerto.

Segundo cuaderno

Aún sigue ahí la última cuerda del violín.

Vuelvo a escribir, y el esqueleto ha dejado, por ahora, de acecharme. La única música que oigo es la que yo mismo he puesto en el tocadiscos. *El invierno*, de Vivaldi.

Cuesta empezar de nuevo cuando has dado algo por terminado. Había quedado perfecto: el final del cuaderno coincidía exactamente con el mío. Pero parece ser que no era mi hora, que a la postre, yo estoy tan indefenso como cualquier animal; que la decisión final no depende de mí, sino realmente de un destino que no controlo, una mano caprichosa que rige la vida, que gobierna todos y cada uno de los sucesos.

Así, no me queda más remedio que estrenar otro cuaderno. Uno nuevo, limpio. Todas las hojas por manchar. O tal vez solo una más, quién sabe.

He decidido llamarlo Böcklin. Sí, ese nombre está bien.

Ahora, adormecido por el calor y el crepitar del fuego, evoco mi subida a la cima como si hubiese sido un sueño. Esa es la sensación. Sin embargo, recuerdo muy bien que fui consciente, como nunca, de la nitidez de las imágenes. Mis caminatas pasadas habían dejado una huella, una sutil senda que solo en este «paseo final» fui capaz de percibir como un camino propio. Me era posible reconocer cada árbol, cada brezo, cada espino, como si yo mismo los hubiese plantado ahí. Me sentí por un momento el jardinero de una hermosa foresta, paseando tranquilo, sin nada que podar, nada que cuidar...

Un edén perfecto.

Con una extraña lucidez, oía de manera amplificada el crujir de las hojas a mi paso y, si paraba, podía advertir una extraña quietud, el silencio de un mundo detenido, congelado. Pero no estaba solo. Tenía la sensación de que el búho, los cuervos, las ardillas y los picamaderos me observaban atentos desde los árboles; y las liebres, las musarañas y hasta los escarabajos me hacían una solemne despedida a mi paso. Ahora no podía asustarlos. A pesar de llevar una Colt en el bolsillo del abrigo, no había nada que temer. Yo ya era un hombre muerto. Después de todo, mi suicidio era simplemente un acto de selección natural. La Naturaleza quiere seres fuertes, resistentes; de nada le sirven las personas autodestructivas. Todo debe estar siempre al servicio de la perpetuación. Si no es así, más vale que desaparezca. Sin la muerte, la vida no podría sostenerse.

Con esa idea en la cabeza y todavía en la zona boscosa, todo se cubrió de una niebla densa. Era previsible: ya había visto las nubes bajas atravesando las colinas del otro lado del río. Aun así, me sorprendió aquella ceguera blanca repentina. No podía avanzar en esas condiciones, por lo que decidí sentarme a tientas en lo que vislumbré como una roca. Me quedé parado, en silencio, esperando a que aclarase un poco y poder reanudar la marcha hacia el lugar elegido. Pensé que, tal vez, eso era una excusa más. Había sido el chuletón de ternera, la mujer de la ciudad, ahora la niebla... En fin, me dije, no pasa nada por esperar unos minutos. Prendí un cigarrillo intentando no pensar, procurando que el poco tiempo que me quedaba no jugase en mi contra torciéndome la voluntad. Lo tiré; era imposible mantenerlo encendido dentro de aquella nube.

Entonces la oí. Al principio fue solo un ruido extraño que no fui capaz de identificar. Me quedé muy quieto, atento a oír algo de nuevo. Era un jadeo. Inequívoco. No supe si humano o animal. Inconstante. Tres resuellos. Luego nada. Dos. Después silencio. Me mantuve estático, tratando de asimilarme con aquel peñasco, deseando que lo que fuera aquello me confundiera con él. Tuve miedo, qué cosas. Iba decidido a pegarme un tiro y no pude evitar que me invadiera el pánico. No todas las muertes son iguales. Lo sé bien, pues las conozco todas. Puedes matarte o dejarte morir, pero es muy difícil dejar que te maten. Puedes matar o dejar morir. También he hecho las dos cosas. Muchas veces, más de las que un hombre puede llevar la cuenta. Y no estaba lejana la oportunidad de volver a hacerlo.

Lentamente eché la mano al bolsillo para sacar la pistola. Volví a escuchar. Esta vez una especie de ronquido. Era un animal. Pensé en un jabalí y me puse un poco más en guardia. Sé cómo puede reaccionar un bicho de esos si se siente amenazado. Yo no veía más allá de una cuarta alrededor; en cambio, él podía localizarme fácilmente; podía olerme, percibir el tufo del canguelo humano.

No sé cuánto duró aquel purgatorio improvisado. Durante ese tiempo, no hubo otra acción de mi cuerpo que no fuese la escucha. Tenía que advertir cualquier sonido, como cuando era soldado; determinar exactamente de dónde provenía y prepararme para disparar, aunque fuese a ciegas.

No hizo falta. De repente, la niebla se retiró, dejando minúsculas gotas prendidas en las agujas de los pinos y en mi barba. Todo se hizo más nítido aún que antes, como si la nube hubiese venido a lavar la montaña, a dejarla impecable en un aseo programado. Volví a oír un ligero quejido. Y más jadeos. Solo entonces pude ubicar de dónde procedían: lo que quisiera que fuese estaba detrás de la roca. Era un cancho bastante más grande de lo que me había parecido a ciegas. Me levanté, armado, dispuesto a defender a muerte mi manera de morir. Podría haberme alejado, sin más, pero, como en el campo de batalla, es mejor acabar con la amenaza antes de que pueda sorprenderte por la espalda. Rodeé el peñasco despacio.

Ni siquiera podía gruñir sin resollar. Protegerse o seguir respirando era ya su pobre elección. La loba estaba echada en la boca de su cubil. Comprendí que no podía ponerse en pie. Sangraba por el costado y tenía una gran herida en un muslo. Aun así, clavaba sus hermosos ojos fieros en los míos, y me enseñaba los colmillos en un intento desesperado por defenderse. Aquello acabó de agotar sus mermadas fuerzas. Su cabeza terminó por ceder. La tendió de lado y con la lengua fuera, jadeando aún, cerró los ojos. Pensé que moriría enseguida, pero su lomo aún se elevaba y descendía levemente.

Matar o dejar morir.

Tiré de la corredera para cargar la Colt. Apunté directamente a su cabeza.

El sonido del disparo duró mucho, más incluso que el aleteo de los pájaros en su huida. La detonación parecía rebotar en los árboles, yendo de un lado a otro, como un aviso a todo el bosque de que un asesino andaba suelto.

Yo no podía dejar de mirarla. Me arrodillé junto a ella, tan abatido como ella. Y rompí a llorar. Lloré como no había llorado nunca. Mi espíritu destrozado se recompuso para que pudiera hacerlo. Recuerdo que, tal vez porque mi cerebro no podía asumir lo que había ocurrido, volví a tirar de la corredera del arma como si fuese a efectuar entonces el primer disparo, e intenté llevarla hacia mi sien; pero los hipidos del llanto no me dejaban sostener el pulso. Todo mi cuerpo temblaba llevado por esa especie de arrebato, ese extraño desahogo de última hora. Me preguntaba a qué venía aquello en ese trance, para qué llorar si estaba todo perdido hacía ya tiempo. Solo se llora cuando aún hay esperanza, aunque solo sea una mínima ilusión. Por eso, es raro ver llorar a un condenado a muerte. Pero yo tenía todo asumido. Estaba todo planeado de una forma terminante, rotunda. Nada podía hacer ya que bajase de nuevo a esa casa; la sola idea de claudicar, de darme por vencido, era suficiente para intentarlo una y mil veces si hacía falta. Porque volver sería como haberme matado y resucitar en el infierno.

Subí de nuevo el arma. La llevé hasta mi cabeza y, en un intento de templar mi mano crispada, presioné el cañón directamente sobre la piel. Hice un esfuerzo sobrehumano por dejar de convulsionar. Aguanté la respiración. Y fue ese silencio el que me dejó oír el gemido. Sí, no estaba delirando. Era el gemido del pequeño Böcklin.

Arrastré el cuerpo de su madre hacia un lado, y entonces pude ver tres cachorros en el fondo de la guarida. Dos de ellos no se movían, habían muerto; sin embargo Böcklin aún estaba vivo. Levantaba la cabeza, con los ojos todavía cerrados, buscando lo único que había conocido como abrigo y fuente y que necesitaba dar con ello, de manera imperiosa, para calmar ese dolor del hambre y del frío.

Pequeño Böcklin: ahora que duermes tranquilo en tu cesto, arropado con esa manta suave al calor de mi chimenea..., ahora que aún no puedes oírme, te diré que ese dolor lo sentirás otras veces, que esa necesidad nunca se sacia, jamás se cura, que la tendrás mientras vivas. Prepárate.

No sé si hice bien en cogerlo. Tal vez no debí abandonar mi idea de acabar con todo. Incluso podría haber terminado con el pequeño lobezno en un acto de misericordia, tal como había hecho con su madre. En cambio, volví a meter la Colt en el bolsillo de mi abrigo y agarré al cachorro. Quise calentarlo un poco frotándole suavemente con mis manos, pero estaban demasiado frías; así que me desabroché el gabán y lo introduje bajo el jersey de lana. Lo sujeté ahí, en el vientre, mientras daba tumbos por el bosque —ya bastante oscurecido— y con el deseo, sólido en mi garganta, de que viviese hasta llegar a casa.

Ese deseo, ahora lo sé, no era solo por él. Se trataba de los dos. Si él no resistía, yo tampoco podría hacerlo. Pero si lo hacía...

Böcklin es mi tregua. No sé cuánto durará. Lleva dos días conmigo, pero quizá se muera esta noche. Sé que habría sido mejor no ponerle nombre. Dicen que eso encariña, y que no hay que encariñarse cuando hay pocas esperanzas. Pero resulta que yo no tengo otras en este momento. Qué más da cavar una tumba que dos.

Calculo que nació hace poco más de una semana. No sé nada acerca de cómo cuidar a un niño, mucho menos a un cachorro de lobo, pero parece que no estoy haciendo mal las cosas. Ayer, muy temprano, bajé al pueblo a comprar un biberón y un bote de esos de leche en polvo para bebés. Creo que será mejor alimentarlo con esto que con la leche condensada que le preparé al llegar la otra noche.

Lo saqué de mi jersey y lo puse en el sillón de la chimenea. Jamás hubo un instante tan decisivo en mi larga existencia. Él... yo..., aún vivía. Sí, tenía la mitad de su pequeña lengua fuera de la boca, y gemía. Me pregunté a quién buscaba ahora, a su madre o a mí. Sigue así, le pedí, sigue así; y me apresuré a llenar una bolsa de agua caliente, lo más caliente que salió del grifo. Por suerte, aún había brasas en la lumbre. Eché unos troncos, les di fuelle y las llamas crecieron enseguida. Necesitaba alimentarlo lo antes posible. No sabía cuánto tiempo llevaba sin mamar, pero sus hermanos estaban muertos. Le preparé la leche, y busqué algo, lo que fuese, para improvisar una tetina. No es tan fácil si no tienes guantes de goma en casa. Entonces recordé, no sé cómo, que en mi botiquín había una jeringuilla. Y gracias al cielo, el pequeño Böcklin respondió tomándose aquel líquido extraño que provenía de un pezón duro y frío que no paraba de temblar.

Solo cuando calmó su hambre me levanté del suelo, dejándolo arropado en mi sillón. Saqué mi pistola del bolsillo y colgué el abrigo en el perchero. Aquella noche la Colt se quedó, de guardia, encima de la mesa. Y todo el día y toda la noche siguiente también. Solo hoy, coincidiendo con el bautizo de Böcklin, la he devuelto al tomo de la Biblia. Es una tontería tenerla a la vista; si la necesito, sé dónde encontrarla. Eso me he dicho, excusándome por mi nueva fe.

Böcklin es insaciable. Lo alimento cada tres horas y no me deja pasar una. He comprobado que solo mea y caga cuando le limpio con un algodón humedecido. Lo hice para quitarle unas pajas que trajo pegadas al ano y me soltó el premio encima del pantalón. Y ahora parece que se ha acostumbrado. O tal vez lo necesite, no sé, las madres los lamen continuamente. Dicen que los bebés se mean justo cuando les cambian el pañal. Me pregunto ahora por qué siempre me ha parecido que los niños hagan eso con mala fe. Soy tan proclive a pensar en la falta de bondad innata que se lo atribuyo hasta a un recién nacido. Probablemente sea porque tengo buena memoria y sé que la inocencia de la infancia es mentira; solo se es débil e ignorante. Si a un niño le diésemos la fuerza y los conocimientos de un adulto, desaparecería eso que llaman inocencia; por lo tanto, no existe o es consecuencia de la falta de aquello. Y aunque yo me equivoque y acaso sea una virtud pura y genuina, desde luego desaparece rápido, con tanta urgencia como se impone sobrevivir. Nacemos como seres esclavos, sin libertad alguna, privados de capacidad para elegir cualquier cosa, a merced de los caprichos y la prepotencia de los adultos. Mentir es lo primero que tomamos como arma para la defensa, con tan buenos resultados que pronto lo utilizamos como ataque.

Mentimos. Mentimos todos los días, incluso no teniendo a quién mentir excepto a uno mismo. Mañana no beberé. Mañana no pensaré en ella. Mañana arreglaré esa mecedora. Mañana: día del mentiroso.

Mentir está bien. La sinceridad está sobrevalorada. Y además, en ocasiones no se te permite guardar silencio. Si callas estás condenado. Yo tuve que mentir mucho. Me hice un experto. Con el corazón hecho pedazos, me vi obligado a preparar una maleta, coger aquel sobre con dinero que mi madre había dejado sobre la mesa e irme con los primeros rayos de luz. Solo cuando atravesé el jardín y me encontré en la calle, me di cuenta de mi desamparo. No tenía adónde ir. Con mi padre y su querida resultaba inviable, y tampoco sería capaz de mirar a los ojos del abuelo. Estaba solo. Solo en el mundo justo el día antes de cumplir los dieciséis.

Los celebré en la choza del claro del bosque, tiritando, sufriendo un estado de shock en un completo abandono. No podía pensar en nada; abrazado a mí mismo, repetía: Deja de temblar, deja de temblar, deja de temblar..., hasta que el cuerpo, al fin, se rindió. Cuando desperté, sin saber el tiempo que había transcurrido, aún seguía aquella letanía en mi cabeza. Fue la primera vez que tuve que padecer algo así, pero desgraciadamente no sería la última.

Experto en mentiras y experto en temblores. Muchas veces la cosa actúa de manera pendular: mientes, tiemblas; causa y consecuencia: la mentira lleva al tembleque y el tembleque a la mentira. Yo prefiero mentir que tiritar. Elijo, de igual forma, la falta de sinceridad ajena a esa estúpida vibración incontrolable capaz de delatar las emociones. No me gusta ver a la gente así, inerme, indefensa por su falta de control. Haberlo sufrido en cabeza propia no me ha hecho ser compasivo, no me ha convertido en un piadoso al uso. Yo le he dado la vuelta al marcador. En un exceso de condolencia, prefiero acabar con el sufrimiento cuanto antes, sin importar quién sea y lo que pueda entender por futuro. Porque si aquel día funesto alguien hubiese aparecido en la choza dispuesto a pegarme un tiro, me habría hecho un gran favor.

No fue nadie por allí. Ni siquiera los amigos de mi hermano, que, lógicamente, estarían conmovidos por el suceso y por la imprevista pérdida de su compañero. Más que yo, desde luego. Ellos podían hacerlo; en la comodidad de su casa hablarían con afectación del trágico asunto, haciendo mil y una cábalas sobre cómo pudo suceder, regodeándose en el morbo de lo que sabían y, de alguna forma, excitados por un acontecimiento que agitaba por fin la monotonía de aquel pueblo varado en la espera. En pocos días lo habrían superado definitivamente; tal vez cuando se atrevieran a meter de nuevo sus cuerpos desnudos en las aguas que se tragaron a su líder. Y después vendría otro líder, otras peleas, otras chicas, otros temas transitorios. No duraría mucho el pesar. El de mi madre sí: el suyo sería para toda la vida. Pero incluso ella podía emborracharse y llorar amargamente en su cama, el día entero si quería. Yo no tenía esa oportunidad; la falta de condiciones para el duelo hizo que no me importase su desaparición. Ni siquiera la de la chica pantera, que en ese momento pasó a ser una niña ajena, desconocida para mí, alguien a quien ya sería incapaz de amar. Todo eso quedaba atrás, en otro plano de vida, completamente aminorado por lo lastimoso de mi situación, por la aflicción que sentía por mí mismo, por la urgencia de mis propias necesidades. Estaba solo; no era hora de pensar en los muertos, sino en la manera de sobrevivir.

Me he levantado a atizar el fuego y he visto a Böcklin reptando por la manta. No gime, no está pidiendo comida. Solo pretende explorar, adquirir fuerza y conocimientos; dejar de ser inocente.

No me cuesta nada levantarme a darle el biberón al pequeño Böcklin. Mantengo una temperatura uniforme dentro de casa durante todo el día, de manera que por la noche le lleno la bolsa de agua caliente y acerco su cesto a mi cama. Tengo un sueño tan ligero que sus primeros gemidos me despiertan. Empieza a moverse de forma más ágil, me busca con el hocico, me reconoce.

Lo acaricio bastante. No lo hago por él. Lo hago por mí. A Böcklin le tranquilizan mis manos y a mí me tranquiliza su pelo. Ni siquiera sé si le conviene; siempre he oído que si tocas mucho a los cachorros, se mueren. Eso nos decían de niños. Creo que eran cuentos de las madres, para que no nos encariñásemos con algún chucho de esas camadas que las perras callejeras parían por allí. Ninguna madre estaba dispuesta a tener perro, porque ya tendríamos uno bueno, de raza, cuando nos instalásemos definitivamente en una ciudad como Dios manda, no allí, que menudo engorro cuando haya que trasladarse, y además para qué, para que se llene de garrapatas y de sarna juntándose con esos pulgosos. No os arriméis, que os pegan la rabia; no los cojáis, que se mueren. Y no sé si vivían o no, pero los perros desaparecían de igual forma. Tal vez alguno estiró la pata por mi culpa, no sé, porque lo cierto es que no hacía mucho caso de las advertencias pues, por entonces, ya estaba yo bastante falto de gestos de cariño.

No conozco a ningún ser en este mundo al que amargue una caricia. Llegamos a vender nuestra alma por una caricia. Yo he pagado por una caricia; de hecho, no hace mucho de la última ocasión. Y aunque finalmente la rechazara, el hecho es que fui buscándola; por muy falsa que la supiese de antemano, no quería morirme sin ella, sin la ilusión de esa última sensación sobre mi piel.

Yo manoseo al cachorro, y en cada una de las pasadas de mis dedos por su minúsculo lomo le estoy alentando a que viva, le estoy diciendo que no está solo, pero en realidad soy consciente de que me lo estoy diciendo a mí mismo. Desde el día que lo encontré, se ha convertido en una especie de alter ego. Si él resiste, yo resisto. Si él sucumbe, yo me hundiré. Así que en realidad estoy cuidando de mí, de mi propio cuerpo, de mi herido espíritu. Y mi espíritu está tan necesitado de roce y de ternezas que no puedo evitar dárselas, dármelas.

No aprendo. No es la primera vez que me ocurre lo de buscar caricias desesperadamente. Caricias sinceras. Solo lo conseguí estando con ella, con mi mujer. Y aun así, todo salió mal. Porque no podía conformarme con el instante del beso, del abrazo..., no era suficiente la comunión del momento íntimo; era necesario empeñarme en un fin, en un destino para nosotros. Quizá no lo tenga ni el Universo, pero yo lo necesitaba.

Ayer se acercó hasta aquí el guarda forestal. Apareció con su coche mientras cortaba leña. Dejé el hacha clavada en un tronco y me limpié la mano en la pernera del pantalón por si me ofrecía la suya. No lo hizo. Se descubrió la cabeza, eso sí, y me preguntó cómo iba todo. No hay novedad, le contesté. No así por el pueblo, replicó él. La mujer del viejo había muerto y, dado que era la única persona con la que yo había tenido contacto en el lugar, pensó que me gustaría saberlo. Es costumbre aquí avisar a los vecinos en estos trances, me explicó. No sé si eso es verdad o simplemente aprovechó la ocasión para echar un vistazo, pero me inclino por lo segundo, pues acto seguido me preguntó si no me sentía solo por aquí, sin la compañía siquiera de un perro. No fue una pregunta inocente. Supe que la voz de que el Escolta había comprado un biberón y leche en polvo en el supermercado había corrido como la pólvora. Nadie ha pensado, por supuesto, que se trate de un bebé humano; si alguien hubiera sospechado semejante cosa, habría tenido una visita inmediata, pero supongo que su curiosidad no podía esperar más, y la de quienes aguardaban a que el agente cumpliera su cometido y les proporcionase información, tampoco. Tengo un gato, le dije, lo encontré abandonado en la ciudad y lo estoy criando; me vendrá bien; oigo ruidos en el tejado, no sé si serán ardillas o ratas.

Mentir. Sin remedio. En ocasiones como esta, al igual que en todas las situaciones importantes de la vida, no tienes derecho a guardar silencio.

Pareció conforme con la explicación. Sí, soy un experto. En la mentira y el temblor. Lo primero ya está hecho; ahora temo por lo segundo, por el momento en que el péndulo llegue al otro lado. Porque sé que llegará. Es inevitable que descubran a Böcklin, y entonces tendré problemas. Resulta increíble que un tipo insignificante como él pueda intimidarme, pero es así. Ahora puede hacerlo. Ahora hay alguien que depende de mí y del que yo dependo. Me pregunto de nuevo si hice bien en coger al cachorro. He vuelto a hipotecar mi vida, con fe, con una nueva ilusión, con amor, sí, por qué no decirlo, creo que ya quiero a ese estúpido animal. He vuelto a gravar mi vida con embustes, a poner en peligro mi libertad incluso para pegarme un tiro, a temer, por él, por mí. Es la condición que impone vivir. Es la trampa. Famoso es el epitafio de Nikos Kazantzakis grabado en su tumba en Creta: «No tengo nada. No temo nada. Soy libre». Así se puede, señor Kazantzakis, así se puede: muerto.

La esposa del viejo ya es libre. Él, en cambio, puede estar más enterrado que el cuerpo de su mujer, aunque en el funeral haya mantenido la entereza propia de la gente de campo. Me pregunto cómo vivirá sin ella. Qué tipo de relación tendrían. Hay parejas que no se tocan y, sin embargo, no conciben su existencia sin la proximidad del otro.

Ha sido de repente; explicaba una y otra vez a las personas que le preguntaban. Como de repente me vi yo allí, en ese camposanto, soportando las curiosas miradas de los vecinos, regalándoles un chismorreo que les compensará el mal rato de las exequias: ese instante, no demasiado prolongado, en el que se ve la muerte como una posibilidad. No sabía qué era lo que me había llevado a bajar al pueblo y asistir al sepelio. Tal vez, pensé, la gratitud por aquel pastel caliente de calabaza. O quizá el extraño vínculo que se crea entre dos personas que han mirado en silencio el mismo fuego. O puede que hubiese sido el acto de reconocer en ese hombre al hombre que yo podría haber sido. El caso es que ahí estaba. Me mantuve en un plano discreto, a unos pasos por detrás de todos los asistentes; apenas alcanzaba a oír las palabras de despedida y las oraciones que se pronunciaban. Qué más me daba; ni las entendía ni yo estaba allí para rezar por la salvación de su alma. En su lugar, cavilaba acerca de mi propia muerte: una tumba en ese sitio, en el que nadie me conocía, sería el único testimonio de mi paso por el mundo.

Cuando el cuerpo de aquella señora —de la que solo sabía su relación con las calabazas— estuvo bajo tierra, me acerqué al viudo con la intención de darle el pésame, de tenderle la mano como estaba haciendo todo el mundo y decirle un Lo siento o un simple Ánimo. Pero entonces me vio. Se hizo hueco entre las personas que tenía delante aguardando su turno para ofrecerle sus condolencias, y vino hacia mí. Cuando lo tuve enfrente, me miró a los ojos unos segundos antes de darme un abrazo fuerte y sentido, al que yo correspondí sin saber aún muy bien el porqué de mi demostración de afecto sobre un paño negro asperjado de algo de lluvia, algo de caspa y algunas canas desprendidas de la cabeza de un individuo al que apenas conocía. Luego se separó, me cogió la mano con las suyas, las dos, y me dijo un simple gracias con los ojos brillantes de lágrimas retenidas. Entendí entonces todo. Comprendí qué era lo que me había llevado hasta allí: la necesidad de una caricia, de un contacto sincero, de ese abrazo sentido que intuí que podía producirse. Porque para él yo era el heredero del afecto de su amigo, de su gran amigo. Me correspondía a mí consolarlo con el gesto emotivo, cercano y franco que le habría dado él. Nos reconocimos en nuestra falta, en la necesidad por la que, ahora también él, tendría que pasar.

Hace un día espléndido y he aprovechado la mañana para arreglar la gotera. En el cobertizo hay toda clase de herramientas. Hasta hoy no me había detenido a mirarlas con calma, pero desde el primer día supe que lo que fuera que necesitase para un pequeño mantenimiento de la cabaña, lo encontraría allí. Y así ha sido. La escalera de madera ha resultado mucho más firme de lo que parecía, y finalmente no era más que una teja deslizada, quizá por las últimas nieves. Problema resuelto.

Recuerdo ahora aquel goteo incesante sobre la bañera y pienso si no fue eso lo que me llevó a la locura. Qué sencillo habría sido repararlo y comprobar si era ese el motivo. Tal vez haber sanado. Tal vez no haber llegado hasta el mismísimo borde del infierno. Pero al perder el equilibrio, me invadió la desidia y el convencimiento pleno de que nada podía enmendarse.

A pesar de todo, ay, la Vida es terca y se impone. A estas horas, tanto Böcklin como yo deberíamos estar muertos; en cambio, yo estoy escribiendo al sol de esta bella tarde —promesa de primavera— y él comienza a abrir sus ojos. Los tiene azules, como todos los recién nacidos. Supongo que luego le cambiarán y se volverán amarillos, como los de su madre. Jamás olvidaré la mirada de esa loba, defendiendo hasta el último hálito a su prole. Sin que ella cerrase los ojos, sin que se hubiese rendido, yo no habría podido hacer lo que hice. Siempre he oído que la mirada de un lobo paraliza. Pues bien, es cierto. Ojalá hubiese tenido la oportunidad de decirle: Tranquila, yo cuidaré de tu pequeño. De esta forma, me pregunto si ella ha muerto del todo. ¿Se puede uno morir plenamente sin dejar resuelto algo así? Debe de ser un poco como morir sin derecho a morirse. Tranquila, loba, muere definitivamente; yo me ocupo de Böcklin.

Mi madre. ¿Tiene ella, o acaso ya ha tenido, derecho a morirse? Ella, que me repudió como aborrecen las hembras a las crías con olor a humano, ¿se habrá arrepentido en algún momento? Puede que si su fallecimiento ya ha tenido lugar, en ese instante pensase que dejaba algo por hacer. Esté o no bajo tierra, su final no puede haber sido definitivo. De hecho, su figura, tan amada como odiada, me ha acompañado cada uno de mis días. Me pregunto ahora, tal como lo hacía entonces, cómo podía seguir viviendo sin saber que su hijo, lo único que le quedaba ya, estaba llorando en un cuarto alquilado, enfrentándose a la tremenda tarea que implicaba vivir en el desamparo para un chico de mi edad y condición. Ella tenía que ser consciente de lo duro que podía ser, puesto que, de alguna forma, estaba pasando por el mismo abandono. Y también porque me conocía: yo era más débil que mi hermano, yo era menos vivo que mi hermano, yo era como el polluelo del huevo del cuco en un nido de buitres. Nunca entendí por qué no me quería, cuál era el motivo para rechazarme. Supongo que fui un error, y que hay personas que, al igual que algunas aves que alimentan al más fuerte y dejan morir al débil, no tienen amor en cantidad necesaria para sacar adelante a más de una cría.

Pero resulta que la flaqueza tiene su fuerza, sí, y que un chico de dieciséis años no se plantea fácilmente la posibilidad de morir. Hay demasiadas cosas por delante, todo un equipaje lleno de sueños por cumplir, la esperanza siempre viva de hacer realidad las fantasías más férreas, esas forjadas durante los años salvajes en los que la realidad nunca es suficiente impedimento. Y así, finalmente, fui capaz de sobrellevar la soledad, dejar de llorar, dejar de temblar y empezar a mentir para conseguir mi primer empleo. Huérfano, dije que estaba. En realidad era una mentira solo a medias, y sabía que nadie daría trabajo a un jovencito al que su madre hubiese echado de casa, menuda joya sería. Aun así, se dio la paradoja de que solo encontré apoyo en los que no se fiaron de mí, precisamente porque mi oscura situación les daba la oportunidad de aprovecharse con impunidad. La maldad no se valora en su justa medida. El egoísmo y la indecencia son tan necesarios a veces como la bondad. Es fácil confundirse porque en realidad toman la misma cara. Los resultados; los resultados son los que valen a la postre. Porque, a fin de cuentas, la gente honrada no estaba dispuesta a que yo pudiese robarles, y los villanos al menos se arriesgaron, aunque fuese con malicia. Los bienhechores me habrían dejado dormir en la calle. Aprendí que no hay bien sin mal, que no hay generosidad desinteresada, siempre se tienen motivos, siempre se espera algo; comprobé que las personas somos capaces de hacer grandes cosas gracias al egoísmo, y que es tan profunda y tan arraigada la relación entre esos sentimientos —egoísmo y altruismo— que hemos olvidado que todo se debe a la emoción más primigenia: el miedo. Y el miedo es siempre interesado.

En aquella habitación alquilada conviví con mis monstruos y con los de la pared: manchas horrendas de humedad, que tomaban unas formas de lo más dramáticas a la escasa luz de la bombilla que colgaba del techo. Me levantaba muy temprano, con los huesos doloridos, para ir a trabajar al almacén de un fulano rechoncho y bajito que comerciaba a lo grande con todo tipo de artículos y sin ningún tipo de escrúpulos. Por allí pasaron, en el tiempo que estuve, miles de cajas de licores extranjeros, kilos de tabaco de contrabando, cientos de armas y municiones de dudosa procedencia y decenas de mujeres de incierto destino. Con una de ellas perdí la virginidad. El gordo aquel, borracho como una cuba, me preguntó: ¿Te gusta esta? Venga, no seas tímido, demuestra que eres un hombre, que aquí no quiero a críos que no la hayan metido, y tú, chico, llevas la palabra *virgen* escrita en la frente. Me eché la mano a la frente en un estúpido acto reflejo, y entonces él se rio a carcajadas. Sentí que la cara me ardía de vergüenza. Os dejo solos, dijo. Le dio un manojo de billetes a aquella muchacha, no mucho mayor que yo, y se fue riendo y tambaleándose. Ella miró el dinero con cara de sorpresa y lo guardó en su pequeño bolso. Luego se abrió la blusa, mostrándome un sostén de puntillas que podría haberle cosido su madre o su abuela, y se sentó encima de una caja alta de madera con las piernas abiertas y la falda remangada. Esperaba que yo diera unos pasos y lo hiciese: que se la metiera, me corriese y asunto terminado. Sin embargo, aunque estaba muy excitado por la visión de aquel cuerpo femenino ofrecido de esa forma tan accesible, no era capaz de ignorar la falta de decencia que suponía hacerlo. No tienes por qué, tartamudeé. Sí, sí tengo por qué, respondió ella palpando su bolso. Y si crees, añadió, que voy a devolver esto estás loco. Le propuse mentir al gordo, decirle que habíamos consumado el acto; pero entonces me espetó, con un ademán chulesco, que no era tonta y que el gordo tampoco lo era, y que si yo no quería serlo, me arrimase y acabásemos cuanto antes y ya.

Me acerqué, aún desconcertado, y a pesar de la sinrazón de todo aquello, de la humillación y el sofoco, me desabroché el pantalón, saqué mi polla erecta y me metí entre sus muslos. Ella me guio. Ella me introdujo y marcó el ritmo de mis caderas. Acabé rápido. Solo recuerdo su piel fría, sus entrañas ardientes y su pelo marrón, ondulado, que olía a jabón de lavanda. Ese aroma siempre me lleva a aquel almacén y a un cabello castaño encrespado. Me arrastra, de una forma contradictoria y disparatada, al remordimiento y a la lujuria. He tenido muchas, demasiadas ocasiones, de oler esa fragancia que me repugna y me excita al mismo tiempo. Doy gracias al cielo por que mi mujer no la usara jamás; me habría costado mucho darle explicaciones, decirle que no tuve elección, que fue por la muchacha y no por mí, que yo era decente —un decente empalmado—, que me espantaba la idea de mezclarla a ella, mi mujer, y mancharla con la porquería que era ese recuerdo enardecido. Y al igual que todo eso, también reservé siempre para mí que aquel seboso me descontó el precio de la chica del sueldo del mes, con lo que no me quedó más remedio que hacer horas extras si quería seguir pagando la cochambre en la que dormía.

Dejé el trabajo y aquella ciudad la mañana que, al abrir la puerta del almacén, encontré un reguero de sangre en el suelo.

Todavía anochece demasiado temprano. En cuanto cae el sol, la temperatura baja en picado. Debo meter algún tronco más en la chimenea, y es hora de darle a Böcklin de comer. Mientras lo hago, oscurecerá de repente, sin haber tenido ocasión de contemplar la puesta; sin pensar, como todos los días pensaba, que cualquier crepúsculo puede ser el definitivo.

Qué tontería. Digo esto y lo asumo como si fuese algo importante. No debería hacerlo, no debería considerarlo, mucho menos escribirlo; porque sé de sobra que si quieres banalizar algo, solo has de darle trascendencia.

Se ridiculiza lo sagrado. Se lleva al absurdo lo inviolable. Y es que, en realidad, no hay nada inviolable; si acaso lo que no importa, porque ¿para qué molestarse en mancillar lo que carece de honra? En cambio..., ay de lo definitivo, de lo que condiciona y determina la vida. Todo ello será trascendentalizado. Lo sacrosanto será vestido de puta para violarlo. La vida, la muerte, el amor..., y sobre todo el dolor.

Tengo un libro de Pasternak encima de los troncos del leñero. Digamos que su doctor Zhivago está en el purgatorio. No todo él, por supuesto; solo una hoja que contiene un pasaje con el que ya no puedo estar de acuerdo. Pero tal vez se salve por la réplica de su amada. El párrafo en cuestión dice que la virtud de quien no ha caído no vale mucho, que la vida no le ha revelado su belleza. Esta afirmación me parece de una terrible ingenuidad. Les revela su belleza por contraposición a la fealdad que ha supuesto caer, lo cual no deja de ser un consuelo; necesario, tal vez, pero solo un consuelo. Al menos yo soy incapaz de ver, como alguna gente ve —o se esfuerza en ver—, las cicatrices como triunfos sobre la muerte. A mí me avergüenzan como testimonio de mis fracasos. ¿Acaso no sería infinitamente mejor vivir de forma inconsciente, tomar la belleza como algo dado y natural, sin miedo a que desaparezca? Tal vez se apreciara menos, pero eso no significa que fuese menor. De hecho, es lo que todo buen padre querría para su hijo: una piel libre de cicatrices.

Pequeño Böcklin, cuánto desprecio por la vida hay en nosotros. Que la muerte siga doliéndote sin palabras, que el amor continúe siendo para ti un misterio, y la felicidad, eso que sientes tras el último biberón. Eso te deseo. Para mí ya es tarde. Cualquier crepúsculo puede ser el definitivo.

La lluvia nos tiene recluidos. Miro por la ventana y observo cómo el día chorrea entre la fronda. Normalmente no me importa que haga mal tiempo, pero Böcklin empieza a ser ya un cachorro inquieto, y me gustaría sacarlo a dar un paseo y que pudiese olfatear por ahí, saber que hay un mundo fuera de esta casa, otros seres vivos a los que tendrá que enfrentarse o acostumbrarse. Porque al final todo se reduce a eso: enfrentarse o acostumbrarse. Huir es un acto provisional. Y cansado. No se aguanta demasiado tiempo esquivando.

Yo me harté de escapar cada vez que tenía un nuevo trabajo de mierda en el que o se aprovechaban de mí, o el esfuerzo que requería era demasiado exigente para mi escuálido cuerpo. Después de un año y medio, tres ciudades diferentes y seis empleos, me sentía un eterno desertor. Esa fue la palabra que me vino a la mente, y la que me dio la idea de alistarme en el Ejército con la intención de hacer carrera militar. Y ya no podía esperar. Se implantó aquel asunto en mi cabeza de tal forma, con tal convicción de que ese sería mi futuro, que resolví hacerlo de inmediato. Recuerdo cómo la simple decisión me consoló aquella noche. Por primera vez en mucho tiempo, tenía un propósito de verdad, a corto plazo y factible al cien por cien. No me rechazarían, aunque tuviese que ponerme en forma —cosa que además me pareció muy conveniente—, y el esfuerzo empleado no sería en balde; pertenecería a algo, a un grupo fuerte que me acogería sin problemas. Podría, al fin, dejar de estar solo. Aquella nueva ilusión activó mi cuerpo, incendió mi mente e hizo que me levantase del catre y saliese a la calle, desaforado, a gastarme el dinero que pensaba que ya no iba a necesitar. Fui a buscar a mis compañeros del taller; saqué a aquellos gemelos de la cama, gritando: Vamos, he tenido una revelación y quiero que os emborrachéis conmigo. Creo que se asustaron porque nunca me habían visto tan agitado, pero la invitación de alguien con el ánimo de despilfarrar todo el sueldo en una juerga era irrechazable.

Aquella noche yo ya era un soldado, y me comporté como tal. Bebí cerveza para impresionar, instigué a los hermanos, provoqué a otros muchachos, molesté con bromas, seduje a las chicas, me enzarcé en una pelea y acabé tirado —no sé cómo ni quién me llevó— en el portal de la pensión.

La resaca me duró dos días, pero al tercero ya estaba todo hecho. Fue tan sencillo que ni siquiera se me ocurrió pensar que el Ejército estaba actuando de la misma forma que aquel mendrugo de mi primer empleo. Las facilidades que me dieron tenían la misma intención ladina, aunque esta vez respaldada por la legalidad y adornada con el honor de servir a la Patria. Ninguno de los chicos que estábamos allí, dejándonos rapar el pelo, teníamos información alguna acerca de lo que se estaba cociendo en los fogones de arriba. Hasta que no estuvimos en el siguiente escalón —tras el reconocimiento médico, pruebas físicas poco exigentes, contrato firmado, asignación de pelotón y botas calzadas—, no percibimos el olorcillo a pólvora que ya llegaba desde lejos.

Me pregunto si el viejo, ese hombre del que no conozco ni siquiera el nombre, luchó en alguna guerra. Me imagino que sí; siempre y en todo lugar ha habido guerras. Podría contarme sus batallitas y yo contarle las mías. Qué mayor me hace esto. Cómo envejece haber estado en la guerra, en cualquiera, a la edad que sea. Y no me refiero al desgaste físico, que también; pero la sensación va mucho más allá. Las historias de trinchera y parapeto las cuentan los abuelos.

Quizá mañana mejore el tiempo. Me resisto a poner la radio para intentar escuchar la previsión, pero si deja por fin de caerse el cielo, me acercaré al pueblo, compraré algunas cosas que necesito y aprovecharé la ocasión para preguntarle a la mujer del colmado por el domicilio del viejo. No quiero molestarle ni parecer condescendiente, así que tan solo le meteré una carta en el buzón pidiéndole ayuda para arreglar la mecedora.

Nos vendrá bien a los dos, aunque en realidad esté pensando principalmente en mí. Compadecerse de uno mismo es caer en una espiral enfermiza. Compadecer a los demás es la manera inteligente y sí, egoísta, de salir de ella. Cuanta más pena nos dan los otros, menos lástima sentimos por nosotros mismos. Qué necesario es el egoísmo para darse a los demás. Qué imperiosa la desgracia ajena. Hasta el punto de crearla si no la tenemos a mano.

Böcklin crece con salud, y yo cada vez me encuentro más fuerte. Creo que está empezando a oír. Me parece que atiende a los ruidos, así que voy a poner un disco, de Chopin, por ejemplo, algo tranquilo. Aunque no estoy seguro de que sea bueno que la música, o que cualquier producto humano, deje impronta en su espíritu de lobo.

Bah, ahora no quiero pensar en el futuro.

Creo que le gustará más Beethoven, su *Claro de luna.*

Una desbandada de pájaros me avisó de la llegada del viejo. Traía la carta en la mano, como si fuese el documento que justificaba su visita. Estos hombres de palabra necesitan pruebas escritas cuando tratan cosas serias. Y después necesitan confirmar con palabras los papeles. Para ellos, lo dicho es ley, pero comprenden que es su propia ley, no tiene por qué ser la de los demás. Siempre he pensado que ese proverbio que dice: «Se cree el ladrón que todos lo son» es una gran estupidez. El buen malhechor confía en la inocencia de la víctima, al igual que el hombre recto debe sospechar de la palabra ajena para reafirmarse en su condición, distinguirse del rufián y, llegado el caso, ser justo. Un individuo crédulo jamás puede serlo. En cualquier caso, yo me sentí honrado por lo que se hallaba bajo ese gesto, pues para mí no era otra cosa que respeto.

Recibí su carta, dijo; y solo cuando comprobó por mi bienvenida que efectivamente yo le esperaba, se la guardó en el bolsillo de su zamarra. Ahora que lo pienso, el mensaje, mal escrito sobre el mostrador del supermercado y firmado por el Escolta, tampoco era muy de fiar; incluso podían haber sido los chiquillos del pueblo gastándole una broma. Lo gracioso del tema es que estaba aquí, y de esta forma, sin haberlo hecho yo con tal intención, el apodo que me habían puesto en el pueblo quedaba confirmado.

A estas alturas, le dije, a usted le va a costar llamarme por mi nombre, así que puede llamarme Escolta si quiere. Muy bien, me respondió; y me dijo el suyo: Coche. Nos dimos la mano como si fuese nuestra presentación formal, y los dos nos reímos. Estaba claro que también Coche era un apodo, quizá de esos que te estampan de niño, o incluso puede ser heredado, a saber. Lo que sí tengo claro es que su amigo el de las herramientas le llamaba así: Coche. Pero lo más importante de ese momento no fueron los nombres, ni el apretón de manos, ni la complicidad que se creó. Lo realmente significativo fue que nos reímos. Supongo que él llevaba un tiempo sin hacerlo; aún está de luto y la pena por la muerte de su esposa seguirá demasiado viva. Por eso la seriedad se impuso enseguida, como si ese brevísimo gozo fuese una falta de consideración hacia ella, hacia mí —que había bajado hasta el cementerio a darle el pésame— e incluso hacia la Muerte en sí. Yo detuve mi risa igual de rápido, pero por otras razones. Mi motivo fue la sorpresa. Aún sabía reír. Llevaba tanto tiempo sin hacerlo que oírme me desconcertó, me costó reconocer mi voz en ese registro.

Cuánto he reído con mi mujer. Y cuánto la he hecho yo reír. Ella tiene ese sentido del humor innato, agudo, capaz de provocar tanto la risa como el desplome de cualquiera. En cambio, yo era tremendamente serio cuando la conocí. Aprendí a ser gracioso —si eso es posible— para escuchar sus carcajadas. Le contaba anécdotas de mi pasado que, en realidad, a mí nunca me habían resultado jocosas; lo hacía solo para alimentar su risa y que, a través de ella, su amor creciera —o al menos se sostuviese— y me alimentara a mí. Pero siempre, después de esas noches azules en las que flotábamos..., tras esas horas de gracia en las que yo intentaba marcar su piel al ritmo de mi cópula, cualquier broma era inútil, caía sobre nosotros todo el peso del mundo, toda la gravedad de enfrentarse a algo vital: al amor.

Entonces, pasado eso que llaman la pequeña muerte, llorábamos los dos, y cuando el diablo del que habla Schopenhauer (lo quemaría si no lo hubiese hecho ya) dejaba de reírse de nosotros, ella se levantaba, y mientras se colocaba la falda, miraba mi rostro avergonzado por la debilidad y decía: No importa, cielo mío, no importa; no me importan las lágrimas, me da igual tu seriedad porque, ¿sabes?, en ella está mi hogar, y el hogar es siempre una casa que sonríe.

Una casa que sonríe.

La mecedora ha quedado perfecta y he pasado una mañana estupenda con el abuelo. Le he enseñado a Böcklin. No solo porque era inevitable que lo viese o porque confíe en él, sino porque «de lo que rebosa el corazón habla la boca» y yo necesitaba compartirlo con alguien. No soy un anacoreta, ni tampoco un hombre de campo, por lo que no esperaba que a él no hiciese falta aclararle que era un lobo. Supongo, dijo, que sabe usted lo que hace. Bueno, intenté explicar, sé que un día tomará su propio camino y su vida ya no será cosa mía; pero por ahora lo es. Lo comprendió, y me ha gustado su sinceridad al confesar que, aunque a él no le llama la caza, muchas veces se había sentido aliviado por los descastes cuando tenía rebaños. Yo también comprendí.

Hemos almorzado en el porche. Saqué una mesa, dos sillas, una botella de vino, queso y unas salchichas gruesas muy sabrosas que había puesto en las brasas. Algo sencillo para mi invitado, sin mantel ni florituras. Sé que no debo ser demasiado buen anfitrión con el viejo. Un hombre como él no volvería por miedo a importunarme en exceso.

Aunque el sol aparecía entre las nubes solo a ratos, no hacía frío y hemos estado a gusto. De vez en cuando, los dos mirábamos la mecedora con esa especie de orgullo viril que da trabajar con las manos. Un poco de lija y barniz, y quedará como nueva.

En verano se llenará el campo de luciérnagas. Me ha dicho el viejo que aquí se cuentan por miles. Pero de momento, lo único que veo brillar son las gotas de lluvia que penden de la barandilla del porche, a la luz del farol.

Böcklin duerme plácidamente junto al fuego. Lleva ya conmigo más de un mes y se ha convertido en un hermoso lobezno. Inquieto, juega continuamente con cualquier cosa y aprieta lo que pilla con sus dientes de leche. Ha sido divertido observar cada día cómo le iban brotando, primero los de arriba, después los de abajo. Me muerde la mano; entrena conmigo la mejor manera de desgarrar a su presa; comienza a hacerlo con los incisivos y luego gira su mandíbula para masticarme mejor. Resulta muy gracioso. Un pequeño cabrón adorable y consentido. No se separa un instante de mí. Me sigue a todas partes, incluso al baño, aunque para él el váter haya pasado de ser mis pantalones a ser la casa entera. No hay respeto en eso. Habrá que enseñarle. No, mejor no. ¿Para qué? Dentro de poco no tendrá más hogar que la Tierra.

Le encanta salir. Su correteo aún es torpe y a veces se tropieza. Entonces se para y, como en un gesto de dignidad, levanta el hocico estirando mucho el pescuezo y olisquea en la brisa fragancias desconocidas para mí.

El olfato es un sentido al que los humanos damos escasa importancia. Sin embargo, cualquier aroma es capaz de evocar recuerdos tan vívidos como el presente más claro; una esencia consigue hacerlo todo más hermoso; los efluvios que exhala una hembra pueden provocar que la ames; los miasmas que irradian los mataderos te ensucian por dentro, e identificar un sutil olor a pólvora, a tabaco, a sangre... puede salvarte la vida.

Recuerdo hoy esos olores y también aquel, a tierra desconocida, que llegaba hasta los buques, mientras los soldados aguardábamos en ellos a que la operación tuviese éxito y poder tomar tierra. Una gran ofensiva por sorpresa que le contaré algún día al viejo. Esas son las cosas que pueden contarse. Otras no. Si ha estado en el frente, en cualquier frente, tanto él como yo callaremos lo que nos culpa, lo que nos duele; taparemos la vergüenza y los pecados con un: Terrible, fue terrible. A partir de esas palabras ya no habrá más que decir, nada que escuchar que el otro no pueda imaginar. Esa frase será la consigna para no hacer preguntas, será el punto final de la conversación, justo al borde del abismo. La comprensión del otro es básica para los que vivimos ese tipo de experiencias. Sin ese entendimiento por su parte, sin esa mutua indulgencia, no seríamos capaces de seguir adelante.

En la guerra..., bueno, en el Ejército —pues también ocurre en tiempos de paz, si es que verdaderamente estos existen—, lo compartes todo porque perteneces a la misma colmena, al sistema que te da de comer, a la gran fuerza que te protege a cambio de la pérdida de identidad propia. Hay un solo fin, un mismo orgullo, un odio idéntico e incluso un padecimiento análogo. La igualación de las personas es algo antinatural, pero pasamos por ello porque es la única forma de conservar la carne y el hueso: esa base sin la cual todo lo demás sobraría. Parece que estamos programados para buscar, a un tiempo, la semejanza con los demás y la diferencia del resto, mantener la singularidad perteneciendo a un grupo, seguir todos la misma moda a la vez que se desprecia el uniforme. Y este equilibrio imposible entre las dos pulsiones lo convierte en una infinita carrera de relevos: parecerse y distinguirse y parecerse y distinguirse y... Y así es, precisamente, como avanzamos; como las olas.

Dicen que la tercera ola es la más fuerte. No sé si eso es cierto, pero en casi todos los países se usan los mismos proverbios, y eso era lo que queríamos creer los soldados que esperábamos el desembarco. Ya lo habían hecho los de otros dos buques, más al norte, y aunque las noticias que llegaban eran halagüeñas, los que aún quedábamos en el agua nos dábamos ánimos, entre vómito y vómito, asegurando que solo «a la tercera se vence». Y los pioneros nos mirarían desde la cabeza de playa y dirían de nosotros que «todos los tontos teníamos suerte», y a estos les contestaría el soberbio con un «si la envidia fuera sarna...». No hay nada tan vanidoso como inventarse enemigos. Íbamos a luchar contra un adversario común y ya nos estábamos disputando ficticios honores entre nosotros. La arrogancia alimenta al valor, y a la osadía la nutre el arrojo. Y es que todos necesitamos un enemigo para crecer. Como Böcklin cuando entrena sus mandíbulas con mi mano, la mano que lo alimenta.

He tenido que recoger precipitadamente la ropa que había puesto a secar porque se avecina una borrasca. Con las prisas, las pinzas han quedado prendidas, y ahora parecen pájaros de mal agüero posados sobre la cuerda. Aunque solo es media tarde, se ha oscurecido todo de repente y los nubarrones amenazan con soltar aquí toda su carga.

Creo que llevo más de una semana, tal vez dos, sin escribir, coincidiendo con unos días maravillosos que nos han permitido alejarnos un poco en nuestros paseos y respirar los aromas de una ya inminente primavera. También, en estos días, he lijado la mecedora y la he cubierto con un barniz incoloro que encontré en el cobertizo: un bote sin estrenar que compraría el antiguo propietario, Dios sabrá con qué motivo. O tal vez no tuviera una razón especial para tenerlo más allá de la mera provisión. Aquí se aprende a ser prevenido. Yo, aun acostumbrado a la vida urbana, no lo llevo mal. Desde que estoy en este lugar no me ha faltado nada de lo que no pudiese prescindir. A eso también te enseña el Ejército, y más concreta y duramente, la guerra: a prepararte con minuciosidad y, después, tener que apañarte con lo que tienes, a asumir que nada es perfecto ni hay dicha ni victoria completa, a conformarte con la privación, a disciplinar el hambre, la sed, el sueño, tus nervios trillados por la danza continua de la muerte a tu alrededor, a veces sin alivio tan siquiera del tabaco durante muchas horas, incluso días, que duraban las operaciones rozando la línea enemiga.

Ha empezado la tormenta. Arrecia. Hoy cae la lluvia cargada de recuerdos que arden como bombas incendiarias. Yo no las conocía. Ninguno de nosotros sabía sus efectos, y para ser sincero, ni siquiera teníamos idea de dónde estábamos exactamente. Desembarcamos en aquel ataque anfibio —sí, éramos sapos, una plaga de sapos— sin problema. El asalto por sorpresa funcionó, pero la marcha después no fue un camino de rosas. Hacernos con la ciudad, edificio por edificio, casa por casa, nos llevó días de lucha, y entonces comenzamos a entender dónde estábamos, para qué estábamos allí y lo que tendríamos que atravesar por muy bien que fuese la cosa y por pronto que acabase. Pasar a la línea de fuego es un momento que no le deseo a nadie, ni siquiera a los enemigos a los que debía disparar. Pero lo haces. Pasas. Y después haces otras cosas mucho peores. ¿Cómo resistí? ¿Qué lleva a un hombre, a un chiquillo, a poder soportar todo eso, a ser capaz de actuar así en esas circunstancias?

Cuando entré en el Ejército, la vida tampoco es que fuese más fácil que la que había llevado hasta entonces, pero la disciplina y el esfuerzo físico servían para hacerme fuerte y no para desgastarme; supuso salir de ese vagar desnortado que me estaba llevando a dar tumbos por las calles de distintas ciudades como un perro sin dueño. El contacto con otros muchachos, en un ambiente de camaradería, me hizo bien. Y lo mejor de todo: yo era un joven sin pasado. Nadie me conocía, por lo que podía inventarme a un personaje. Y eso fue lo que hice: fabriqué a un joven intrépido, osado, algo macarra y fantoche, un bravucón que tendía al desafío, indolente en el amor y todas esas bobadas...; incluso aprendí a boxear y a jugar al fútbol bastante bien. En fin, que me convertí en un perfecto trasunto de mi hermano.

Y equipado de aquella forma entré en combate. Si hubiese sido yo mismo, habría muerto de miedo con la sola idea de un enfrentamiento armado, pero quien iba a la guerra era mi personaje, no yo. Mi actitud heroica en el frente solo se debía a la necesidad de mantener a mi personaje en pie. Algo arriesgado, pero he de reconocer que nunca me sentí tan libre. Lo único que conservé de mi yo anterior fue la curiosidad insaciable por los libros y la búsqueda de momentos de intimidad cada vez que podía. Soldado Ilustrado. Ese fue el apodo que me calzó el sargento en la instrucción y que me acompañó durante toda la contienda. Soldado Ilustrado. Cabo Ilustrado. Ilustrado a secas.

«Igitur qui desiderat pacem, praeparet bellum», escribió Vegecio en el siglo IV.

Quien desee la paz, debería prepararse para la guerra. Algo así sería la traducción correcta; aunque yo lo declamaba de una manera más popular: Si quieres la paz, prepárate para la guerra. Eso les decía a mis compañeros de pelotón justo antes de entrar en combate. Lo hacía de una forma teatral, como si saliese a un proscenio en vez de al campo de batalla.

Ese era mi personaje, un histrión creado a propósito para sobrevivir en aquella tragedia. Mi fuerza se basaba en lo descerebrado que era él. La fuerza de un conflicto bélico se basa en las fuerzas individuales de miles de descerebrados que actúan de manera descerebrada todos a una. Los que nos preparábamos para la guerra éramos nosotros: los que jamás tendríamos la prerrogativa de decidir la paz.

Los de arriba siempre toman sus decisiones jugando. Para ellos es una apuesta. Con dinero; siempre hay dinero encima del tablero en el que pinchan sus banderitas. Y cada vez que hincan una de ellas en un mapa, están agujereando a miles de personas en un macabro ritual vudú. Cada soldado, cada niño muerto es un terrible error de unos pocos. Y siempre hay millones de errores.

Pero da igual. Así es y así será siempre. Creo que el ser humano se desprecia infinitamente como especie. Por eso juega a ser Dios. Nosotros solo fuimos parte de la maqueta. Los gobernantes, los generales, los consejeros tenían su maqueta; pero también ellos eran muñecos finalmente. Todos formamos parte de la Gran Maqueta de Dios. Todos somos peleles. Cuanto más abajo, más pelele, eso sí.

Y aquí estoy yo ahora, en esta casa a la que vine con la intención de dejar de serlo. He aquí el Escolta, rodeado de hermosas montañas, bajo una lluvia dura que no amaina, acompañado tan solo por un pequeño lobo que una mano puso providencialmente en su camino y que desvió la ruta que se había marcado.

Yo, en este escenario, formo parte de una breve maqueta de Dios. ¿Estaré cumpliendo sus expectativas? ¿Qué espera de mí? ¿Dará su experimento por bueno, le concederá más prórrogas, o pronto será solo una prueba fallida?

Me despertaron los graznidos de un cuervo.

Hay algo sarcástico en la voz de un cuervo. Quizá sea por eso por lo que llevo toda la tarde sintiendo como si la vida se burlase de mí.

Me había quedado dormido junto al fuego después de comer, tomando una copa de whisky. Ni siquiera la terminé. De hecho, aún está ahí sobre la mesa, a medias. Mi actitud con la bebida ha cambiado bastante desde que Böcklin está conmigo. Sé que es una solemne tontería lo que voy a decir, pero si bebo demasiado tengo la estúpida sensación de estar faltando a mis responsabilidades con él. Escribo esto y creo que definitivamente debo de haber perdido la razón, porque siempre he pensado que el exceso de terneza hacia un animal es de una sensiblería patética. Sin embargo, no puedo evitarlo. Lo trato como a un niño. Lo atiendo como si fuese..., joder, me cuesta decirlo. Pero si Dios me deja prever mi final siquiera con dos minutos de antelación, todo esto arderá en esa chimenea; así que, sí, por qué no escribir que trato a esta criatura fascinante como a un hijo; el hijo que nunca tuve. En realidad, hasta puede decirse que ha sacado los ojos de su madre. No su madre muerta, no su madre matada por mí, sino mi mujer. Ella también tiene los ojos rasgados y un poco amarillos a la luz clara del día, mirada de loba.

Böcklin heredará la inclinación de su rostro, la suavidad de su piel, el instinto salvaje, la fiereza y la ternura de mi mujer.

A veces lo hablábamos. Al principio, de cuando en cuando nos preguntábamos cómo sería un hijo nuestro, de ambos. Después, ya nunca. Luego tal vez lo pensamos por separado. Quizá, en alguna ocasión los dos lloramos en la intimidad imaginando cómo habría sido ese hijo si hubiese llegado a nacer.

Un varón tan fuerte y guapo como tú, decía ella por entonces. No, replicaba yo, una niña con tus ojos y tu sonrisa. De eso nada, un niño valiente y bueno como tú, mi amor. Ni hablar, una pequeña zalamera como su madre, que me haga carantoñas para que le compre golosinas. ¿Zalamera yo? Ahora verás mis zalamerías. Y entonces se sentaba encima de mí sujetándome los brazos hacia arriba y yo tenía que esquivar su cara para que no me mordiese la nariz.

Después, excitados por la refriega, hacíamos el amor muy despacio, intentando estirar los minutos, romper el hilo del tiempo hasta pararlo, aprehendiendo cada instante, cada beso, cada caricia, cada gemido como tesoros, como las reliquias que luego habrían de mantener nuestra fe durante días, semanas o meses separados.

Entraba en ella como abismándome hacia un cielo inverso. Su cuerpo se estremecía y toda mi vida iba cayendo mientras yo subía, poco a poco, matando al hombre que era sin ella, matando a la mujer que existía sin mí, y al final eran embestidas como puñaladas que querían acabar con esa hembra ajena, lejana..., la hembra de otro. Pero antes de perder la cordura por completo, notaba sus manos empujando mis caderas, separándome de su cuerpo, advirtiéndome del peligro de dejar mi huella en un territorio que ya tenía dueño, recordándome que yo solo era un huésped, un convidado a gozar, por unas horas, de la visión del paraíso.

Nada hace más infeliz que haber tenido esa estancia anticipada. Después no dejamos de buscarla. Cada día, por muy deprimido que uno esté, sigue con la noción de felicidad agarrada a los sesos. Por eso a veces era imposible parar. Por eso de vez en cuando me era inevitable seguir allí dentro hasta el final. Y por eso al final fui expulsado para que olvidase que existía el cielo, para que viese de nuevo la parte más sórdida de la vida, la miseria, la desdicha, la inmundicia..., para ponerme en mi lugar, que no era otro —ni ha sido nunca otro— que el infierno del abandono, la indefensión contra el destino y la culpa.

Tengo a Böcklin sobre mis piernas mientras escribo, lo que me obliga a apoyar el cuaderno en el brazo del sillón. No es una postura demasiado cómoda, pero sería más incómodo no verlo aquí. Ahora duerme tranquilo. Quizá no debí untarle el hocico con miel porque ha estado toda la tarde, incansable, mordiendo un hueso de juguete que le fabriqué trenzando jirones de una vieja camisa de franela.

El disco que puse se ha acabado, la leña se ha consumido y es la hora de cenar, pero me da pena despertarlo.

4 tazas de harina
Taza y media de agua
Un sobre de levadura
Sal a ojo de hombre cabal

El hombre cabal, es decir, el viejo, apareció esta mañana por aquí. Llamó a la puerta diciendo: ¿Señor Escolta? Abrí realmente contento de verle, de que se hubiese animado a hacerme de nuevo una visita. Aunque ahora bajo con más frecuencia al pueblo para comprar paté y carne picada fresca para el cachorro, no me había atrevido a ir a su casa a dejarle otra invitación. Me viene usted al pelo hoy, le dije animado. ¿Sabe cómo hacer pan?

Me dejó amasar la mezcla. No tan fuerte, no hace falta, hágalo de forma suave, como si se tratara de las carnes de una mujer, dijo con una sonrisa pícara. Me pregunté cómo manejaría él las carnes de su mujer. La imagino, pues, rolliza y con olor a dulce de calabaza. Ahora ya sé un poco más sobre ella, sobre él. Sé que tiene un hijo; es médico y vive tan lejos que ni siquiera llegó al entierro de su madre. Luego vino a verlo y pasó cuatro días haciéndole compañía; pero su nuera, que es de buena familia, solo mandó condolencias. Se avergüenza de ellos, de él ahora. Solo ha visto a su nieto tres veces en cinco años. Mi hijo dice que no, pero a esa edad ya se habrá olvidado de mí, me dijo, resignado. Le pagamos la carrera con mucho sacrificio, ¿sabe?, trabajando mucho su madre y yo. Le respondí que no importaba, que su labor ya estaba hecha y bien hecha, y que debía sentirse satisfecho y orgulloso de ello y basar su felicidad en esa idea. Algo así le dije. Lo dije por decir, por darle ánimos, porque es lo que se suele hacer cuando alguien se te queja con amargura sobre cualquier cosa; pero enseguida me di cuenta de que debería haberme callado; yo no tengo autoridad ni experiencia en temas por el estilo, ni siquiera derecho a opinar acerca de lo que piense este hombre sobre sus propios asuntos. Habría sido más apropiado por mi parte un simple Lo entiendo. Sin embargo, creo que mi comentario le alivió en cierta manera. Tal vez es lo que le hubiese dicho su amigo el de las herramientas, o su mujer, y ahora ya no tenía quien se lo dijera. Es posible que solo haya venido a buscar precisamente esas frases de aliento.

Cuando le dio el visto bueno a la masa, me pidió un paño para cubrirla y la dejamos reposar cerca del fuego para que fermentase.

Salimos a dar un paseo. Böcklin, que se había mostrado asustadizo con el viejo, poco a poco se fue adaptando a su presencia, aunque no se separaba mucho de mis piernas. Su comportamiento es diferente al de un cachorro de perro. Parece confiar solo en mí, y quizá no deba inmiscuirme en su instinto. No intentaré socializarlo. Le dejaré que sea como tenga que ser. Un día se hará médico y se irá lejos, y yo estaré orgulloso de haber cumplido mi cometido lo mejor que supe. Pero eso tendrá que recordármelo alguien, como yo al abuelo.

Fuimos dejando que los pies nos llevaran hasta el arroyo cercano. Böcklin se arrimó rápidamente a la orilla pedregosa y bebió de su agua clara; la misma que bebe su familia, su manada, allá en lo alto de esta montaña. En un recodo se forma un charco de cierta profundidad donde crían las truchas bajo las piedras de colores verdes y ocres. Dice el viejo que pronto se podrán pescar y que en el cobertizo debe de haber una caña de muy buena calidad con la que su amigo le retaba cada primavera. Creo que ahora es él el que intenta retarme a mí. Estoy en clara desventaja, por supuesto, pero cuando llegue el momento confiaré en la suerte del principiante.

El paisaje está cambiando rápidamente en estos días y se aprecia el despertar de todo ser vivo en el bosque. Aunque hoy estamos en mangas de camisa, el abuelo me ha asegurado que es transitorio, que aún tiene que volver el frío y que las nevadas de primavera son habituales en esta zona.

Volvimos a casa caminando despacio, al ritmo de su cojera, respirando los aromas templados, dejándonos bañar por los rayos del sol que se filtraban entre los árboles y escuchando el arrullo, cada vez más atenuado, de la corriente. Y durante los minutos que duró la caminata, tuve esa sensación, extraña y pasajera, de estar exactamente donde debía estar. Supe que daba igual lo que ocurriese después, porque ya nada podría arruinar ese momento. Es así, y es así solo porque he sido consciente de ello, porque he sabido aprehenderlo, atesorarlo. Da igual que luego, ya en casa, al abuelo se le enturbiase la mirada al doblar la masa del modo en que lo hacía su mujer: cuatro puntas hacia dentro. Da igual que, mientras aguardábamos la segunda fermentación bebiendo una cerveza en el porche, me contase el porqué de su cojera, despertando viejos fantasmas.

Una granada le hizo pasar, durante meses, la agonía física y mental de no saber si finalmente tendrían que cortarle la pierna derecha. Una tortura que ahora se me antoja peor que las que tuve que presenciar e incluso practicar yo mismo. El primero fue aquel piloto que hicimos prisionero y que juraba en su idioma, entre descarga y descarga, que era un voluntario y que su país no estaba interviniendo. No habíamos aprendido nada. Todo se repetía al poco tiempo de la última masacre; y aunque éramos jóvenes, nos dábamos cuenta de que nuestra sangre estaba simplemente calmando la sed, gota a gota, muerto a muerto, pero que no evitaría males mayores. Por eso, cuando los generales prometían estar en casa por Navidad, muchos sabíamos que aquello no había sido bastante. No hizo falta esperar demasiado para ser conscientes de que todavía no habíamos visto las profundidades del infierno. Reducir poblaciones a escombros, presenciar las matanzas, las fosas comunes de cientos de cuerpos, los terribles escarmientos a los sospechosos de colaborar con el enemigo; críos casi desnudos, huérfanos, llorando por todas partes..., toda esa barbarie, digo, aún no había sido más que un aperitivo para Satanás. A veces, los contrarios salían de detrás de las colinas como muertos que se hubieran levantado de sus tumbas y, como tales, ya no tuviesen miedo a morir; así que preparábamos emboscadas en los campos de maíz por los que debían atravesar en su avance. Se hacía eterna la espera en aquella tela de araña en la que también nosotros estábamos atrapados. Aguardábamos, temblando y en silencio, a que el más mínimo movimiento de las hojas nos advirtiese de su llegada. Y aparecían; vaya si aparecían. Brotaban —por suerte para nosotros— de manera escalonada, de forma que matábamos a un pelotón enemigo tras otro. En esas condiciones no se pueden hacer prisioneros, así que rápidamente los rematábamos en el suelo. Cómo rebota un hombre cuando le disparas en el suelo. Aunque ya esté muerto, es como si volvieses a matarlo. Dejábamos los cadáveres unos metros atrás y tomábamos una nueva posición, pero ni siquiera nos daba tiempo a recomponernos, pues a los pocos minutos se presentaba otro grupo de soldados, a la desesperada, con un comportamiento gregario que nos costaba entender y nos agotaba tener que resistir; como si su consigna fuera: Si vamos todos a una, en el infierno no habrá sitio para todos. Cuando nuestro pelotón perdía posiciones, también había una consigna para los que habíamos sobrevivido: Consideradlos animales.

Y Terrible, fue terrible: esa ha sido nuestra consigna de hoy, la del viejo y la mía —ni siquiera recuerdo ahora quién de los dos lo ha dicho—, para terminar con la vacilante conversación acerca de nuestras respectivas guerras. Luego, aun no habiendo confesado, hemos comido el pan caliente en comunión de espíritus.

Böcklin ha aullado. Ha respondido a los suyos.

Anoche, mientras yo leía junto al fuego, levantó la cabeza de su cesto y se sentó con las orejas erguidas. Pensé que alguien se acercaba a la casa y también me puse a la escucha de cualquier ruido extraño. Eran aullidos, no demasiado lejanos. Y el cachorro estiró el pescuezo y soltó el suyo: uno corto y desafinado que creo que nos sorprendió a los dos.

Tras el asombro, él bajó el morro y volvió a dormirse, pero a mí me quedó una amarga sensación que aún me dura esta mañana. Fue una señal, un aviso, un recuerdo de que no me pertenece. Ha sido un detonante del miedo, un adelanto de los días tristes que habrán de venir cuando crezca —lo hace demasiado rápido—, cuando ya no me necesite y se vaya, del momento en el que yo tenga que aceptar no saber qué será de su vida ni pueda ya protegerlo.

Los meses pasarán enseguida y sucederá. Sé que debo ir haciéndome a la idea, pero también sé que esa misma idea, capaz de protegerme del daño futuro, envenenará un poco mis días felices. Es inevitable. El temor siempre está ahí cuando amas. Amor y miedo no se pueden desligar. Acaso sean la misma cosa.

Cuando amas, estás perdido, porque este sentimiento es siempre interesado, como el miedo. Los dos responden a la necesidad de seguir viviendo.

Pienso en mis amores. En el pasado y en el presente. El primer amor es el que despierta al espíritu, pero persistir en él sería como dejar el alma en la cama mirando al techo. Ha de levantarse y progresar. El querer evoluciona con nosotros. Al principio es la idea del amor, y luego, en ese afán por buscarlo, si tienes mala suerte, llega el de verdad. A la chica pantera quizá no la amé nunca. Tal vez, en mi recuerdo, he amplificado aquel sentir como una manera de justificar lo que hice. O al menos, atenuarlo en mi propio juicio dándole la ilusión de un crimen pasional. Pero no. Porque yo maté a mi hermano por la niña tigre, sí, y sin embargo la muerte de ella no me importó en absoluto. No así la de él. Y no porque le quisiera más; en realidad no quería a ninguno de los dos, pero él era el que llevaba la palabra *Hermano*. Y matar a tu hermano es un pecado que te marca la frente y te condena a vagar por la Tierra sin derecho a morir. Es algo que sabes ya al nacer. Es un dogma incuestionable grabado en nuestra pobre esencia de hombre, de pelele. De hecho, soy la prueba de ello. He intentado tanto sobrevivir como desaparecer, y no me ha sido concedido. Ninguna de las dos cosas, en realidad. Nunca he logrado vivir al completo, jamás sin temores.

Bueno, tal vez sí, durante unos días, pocos: aquellos días de luz en los que conocí a mi mujer y durante los cuales aún no sabía nada. Nada de ella, nada de lo que vendría después. Y aunque debí haber supuesto que la felicidad no me estaba permitida, no pude evitar —igual que no pude evitar coger al cachorro— dejarme llevar por la esperanza, por una nueva fe. Yo tenía los ojos entoldados por lo que había visto en la guerra, y después, por llevar durante años una existencia disoluta, celebrando de forma frenética no estar entre aquellas miles de ánimas, tan afines a mí, que habían quedado en el frente. Las normas y la disciplina del

Ejército se relajaron mucho, tal vez demasiado, para los veteranos que volvimos; sobre todo para los que habíamos sido condecorados y ascendidos. Exceptuando el cumplimiento de nuestras obligaciones básicas, los días, meses, años transcurrían en un incesante ir y venir de juergas, juego, alcohol y mujeres. Así fue pasando el tiempo, y con este, todos acabaron por curarse, por sentar la cabeza, casarse, tener hijos...; todos menos yo, que acudía con resaca a sus barbacoas familiares de los domingos y se me presentaba a las hermanas y a las primas como el soltero de oro.

A lo largo de los años fui subiendo peldaños en lo castrense sin apenas esfuerzo, pero bajándolos en lo social al mismo ritmo. Aburrido de todo aquello y ya desahuciado para los que habían conseguido reconstruirse, un verano me animé a pasar unos días en lo que recuerdo y recordaré siempre como el paraíso: una ciudad de vacaciones para militares de rango que acababan de inaugurar en la costa y que no dejaban de publicitar por el cuartel.

Me dirigía al bungaló que me habían asignado en la recepción cuando se desencadenó una fuerte tormenta estival. Busqué refugio bajo el alero de otra cabaña que me pillaba de paso y esperé, con mi maleta, a que amainase un poco el chaparrón. Y de repente se abrió una puerta a mi lado y apareció ella. Dio tres o cuatro pasos hacia delante y se detuvo en el césped, mirando al cielo. Ni siquiera me vio al salir. Abrió los brazos, recibiendo la tempestad. Dio una vuelta, dos, en un gesto infantil, gozoso, y quedó situada de frente a mí. Entonces, entre aquella ráfaga de agujas blancas, abrió un momento los ojos, me vio, y sonriendo volvió a echar la cabeza atrás. Desde ese instante estuve perdido. La lluvia caía firme sobre su rostro luminoso, salvaje, sabido de deseo; supe que sus ojos, aun cerrados, podían ver mi mirada anhelante de posesión, de celo. Fue aquel, sigue siéndolo, un fotograma de la felicidad, una estampa del estado de gracia, congelada, asperjada con un filtro de gotas de agua. La representación pretérita de la dicha, la dicha y su eterno pretérito.

Yo era un ser perverso. En el amor, o mejor llamémoslo relaciones amorosas, me había convertido en eso. Sabía cómo hacerlo. Conocía la combinación perfecta. Pero mi perversidad era mediocre, de la que se deja vencer por el miedo. Jesús no temió a la multitud que le seguía. Su perversidad era perfecta: se dejó adorar sin temores, sabiendo que adorar abrasa, que todo está bañado en sangre adorada. Él era carne de *adorantes*. Yo, en cambio, retrocedía a tiempo. Había comprobado que el hombre, la mujer, se prenda de lo salvaje tan intensa y dolorosamente que ha de urdir trampas, cazarlo, poseerlo, ponerlo entre rejas... para, una vez ahí, ver cómo pierde su belleza y poder dejar de amarlo.

Pues aun así, a pesar de todas esas prevenciones, no pude evitar enamorarme de ella, ansiarla, querer que fuese mía, solo mía, y desear ser suyo, solo suyo.

Únicamente fue necesaria esa escena para quedar desarmado. Ante esta diosa, lo anterior no valía. Así las cosas, poco tenía que ofrecerle, y sin embargo debía ser capaz de poner precio a la indigencia, vendérsela, traficar con ella; porque desde ese momento, mi vida era ya su vida. Aquel ángel —o aquel demonio, lo mismo da— de pelo oscuro, descalza, con jeans y una camisa blanca pegada a su hermoso cuerpo, era mi mujer. Y yo ya nunca podría volver a ser como antes. En unos minutos abandoné al personaje que había creado, a aquel seductor por costumbre; me despojé de la indolencia aprendida de mi hermano, del desdén irónico y la arrogancia imitada durante tanto tiempo; eché al suelo el disfraz, la coraza que me había permitido sobrevivir, y me quedé en cueros frente a ella y frente a la vida.

Y así, desnudo tras la ventana de mi cabaña, vigilé la suya con el deseo de verla salir de nuevo a la hora de la cena. No sé cuántos cigarrillos fumé mientras aguardaba, sin éxito, a que se abriera aquella puerta. A las diez perdí la esperanza, me puse un traje y caminé hacia el restaurante. Cené solo, observando a las parejas que se sonreían, a matrimonios discutiendo, a sus niños revoltosos con las mejillas coloradas por el sol; había damas provectas acompañadas por señoritas siempre de piel más oscura, y caballeros leyendo el periódico que mantenían el mismo porte sin uniforme que con él. Todos rostros sin interés para mí.

Después de cenar, pedí un whisky y salí a fumar un cigarro a la zona de la piscina. Y allí estaba ella, en la penumbra; la iluminaba tan solo una farola plantada a unos metros, pero no tuve duda alguna de que se trataba de mi mujer. Recostada en una hamaca, miraba las estrellas con un vaso en la mano. Buenas noches, le dije, parece que ha despejado. Me miró sorprendida. Eso parece, contestó, y volvió a mirar al cielo. ¿Está sola? ¿Puedo sentarme aquí?, le pregunté señalando la hamaca contigua. Yo nunca estoy sola, respondió, y sí, claro que puede sentarse. Me tumbé a su lado, intentando mantener la compostura y que no se notase demasiado el temblor del whisky en mi mano.

¿Es usted de muy lejos?, quise comenzar una conversación. ¿Ve usted aquella estrella, la que brilla intermitente entre esas otras?, me señaló. Pues de ahí soy yo, dijo. Sonreí y le contesté alguna cosa estúpida que no recuerdo pero que dio lugar a una preciosa charla acerca de los astros, de la vida extraterrestre, de la posible existencia de Dios; sobre filosofía, libros, política... Y todo ello sin dejar de mirar hacia el cielo estrellado. No nos miramos ni una sola vez a la cara. Tan solo cuando vi que no le quedaba bebida y me incorporé para ofrecerle otra, nuestros ojos se cruzaron. En ese momento olvidé completamente lo que iba a decirle y, a cambio, le solté a bocajarro que el lunar de su mejilla era más bonito que cualquier estrella. Es fugaz, me dijo, puedes pedirle un deseo; pero tranquilo, el mío aún no eres tú. Se levantó, me dio su vaso y se fue.

Duelen tanto esos bellos recuerdos... Queman igual que los malos. Ambos se confunden cuando falla la esperanza de volver a vivirlos.

Llegué aquí con la intención de respirar tan solo el presente. Enseguida me di cuenta de que no podía. Tengo un exceso de pasado. Intento aligerar la carga como puedo. Hablar sobre ello en este cuaderno me ayuda, porque..., bueno, hay gente que piensa que escribir sobre algo es hacerlo inmortal. No; es todo lo contrario. Cada párrafo es un demonio desnudo que combustiona con la luz, una nave que arde.

Escribo aquí cuando me apetece, o cuando lo necesito, no hay diferencia. Pero al hacerlo, siento que hay cosas sagradas, intocables. Porque cojo este bolígrafo para apuntalar mis pensamientos, prenderles fuego y así no abandonarlos al futuro.

Por eso me cuesta tanto escribir sobre ella. Porque aún no he asumido su falta de futuro.

Hace un rato dejé el cuaderno sobre la mesa, me serví un vaso de vino y Böcklin me ha acompañado fuera mientras lo tomaba. La noche está cerrada y solo he logrado ver un par de estrellas que han aparecido y desaparecido rápidamente entre las nubes invisibles. Tal vez alguna fuese la que ella me señaló aquella maldita..., aquella bendita noche de verano.

Esta tarde, al volver a casa, ha sucedido algo curioso.

A primera hora de la mañana las copas de los árboles aparecían nimbadas, pero enseguida se despejó y sentí la necesidad de salir a vagar por el bosque. Eché un gran tronco a la lumbre para que ardiese despacio y mantuviera el calor hasta la vuelta, preparé unos bocadillos, envolví algo de carne picada para Böcklin y nos fuimos de excursión.

El cachorro es cada vez más inquieto, y aunque hacemos ya paseos de cierta duración, no se cansa en absoluto. Ha dejado de ser suficiente con bajar hasta el arroyo o jugar con él unas horas en el prado; nada es bastante para verle rendido. Además, su sueño es muy ligero y parece estar siempre alerta.

El campo cambia de color día a día, incluso se advierten diferencias de la mañana a la tarde. Los pinos y los abetos lucen ahora un tono más vivo. Las coníferas se alzan majestuosas y dominantes de casi todo el lugar. Ejércitos de ellas trepan por las laderas, a veces tan apiñadas como sus frutos. En el bosque se libra una lucha constante. El crecimiento de un árbol, que a simple vista puede resultar tranquilo y armónico, es pura violencia, un acto de competencia feroz. Es casi un milagro que hayan logrado hacerse un hueco otras especies, pocas, salpicadas aquí y allá: algunos arces ya florecidos, y robles y castaños que están echando sus hojas nuevas. Cerca de los regatos hay sauces y bayas de primavera, y también rosales silvestres, y unas florecillas blancas que se abren paso entre la hojarasca y que hacen estornudar al pequeño lobo.

Tras un buen recorrido por lugares en los que no había estado hasta hoy, decidí descansar y calmar la sed con una cerveza en un pequeño claro. Me senté sobre un tronco caído. Mi asiento resultaba tan bajo que el cachorro, exigiendo su comida, me arrolló, perdí el equilibrio y caí hacia atrás: cosa que ha debido parecerle muy divertida porque empezó a trotar encima de mí, frenético, y a lamerme la barba, las manos, la nariz... Y mi risa se ha oído en el bosque, tan espontánea y pura como hubiese sido la suya en el caso de que los lobos pudieran reír. Luego Böcklin se alejó unos metros, distraído por algún ruido o siguiendo el rastro de un bicho, y yo me quedé tumbado en el suelo templado del claro, cavilando acerca de las carcajadas que todavía resonaban en mi pecho desacostumbrado, en el diafragma resentido aún por aquella sacudida súbita y que me recordó al golpe de la primera calada después de cierto tiempo sin fumar. En eso pensé: en la risa, y también en el llanto; en que poco tiempo atrás, esa misma montaña había escuchado mi llanto descontrolado; un lamento alto, fuerte, capaz de aturdirme a mí mismo, algo que no sabía exactamente de dónde estaba saliendo pero que era tan genuino como la risa de hoy. Me invadió de nuevo por un instante el temor a la locura, el miedo a regresar a aquel estado; sin embargo, la visión del sol entre los árboles, el brillo de las hojas, intermitente, ondulante como si todo estuviese bajo el agua, me fue tranquilizando. Sentí que yo formaba parte de aquello tanto como aquello de mí, que ya no era un extraño en este sitio, que tenía el mismo derecho a estar allí que el águila que veía sobrevolando las copas, el mismo derecho a morir allí que las hormigas que hubiese aplastado en mi caída.

Con esa idea feliz y despreocupada de la existencia, me senté, saqué el almuerzo, y el lobo comió con apetito de hombre y el hombre con voracidad de lobo. Lo hicimos rodeados de escarabajos, ciempiés y una pequeña lagartija que siseó entre las hojas secas y se detuvo en el primer resquicio de sol que encontró; aunque ese pequeño placer le duró solo lo que tardó Böcklin en acabarse su comida. Luego nos pusimos en marcha de nuevo y, evitando tomar la dirección del lugar donde encontré al cachorro —ya siempre la evito; por él, por mí—, nos guiamos, siguiendo la humedad del sotobosque y un cierto rumor cantarín, hasta un riachuelo donde pudo beber. Desde allí se oía un murmullo más ronco y decidí continuar por el curso natural de aquella corriente. Y, sí, señor, dimos con la cascada de la que me había hablado el viejo la última vez que nos vimos. He sentido la emoción del descubrimiento, pues no iba buscándola. En realidad, solo se trata de un buen chorro que va cayendo escalonadamente. Simple, pero el agua estalla en cada peldaño rocoso y se desintegra en miles de gotas que salen despedidas en forma de niebla y colores irisados, y llega hasta un hermoso charco diamantino donde podré bañarme en verano. Verano; he tenido un «pensamiento verano», un propósito, un proyecto de futuro, y me ha parecido algo sencillo, factible. No he vacilado sobre mi capacidad para llevarlo a cabo ni he albergado duda alguna acerca de mi estancia aquí —en este bosque, en la vida— cuando llegue esa estación. «Pensamiento verano». Me gusta el término.

En fin..., ha sido una jornada estupenda, llena de hallazgos, alguna revelación y, sobre todo, de ganas renovadas, de una clara intención de vivir más días.

De regreso, el olor al humo de mi chimenea me anunciaba el hogar, el refugio, el descanso. Estaba fatigado y tenía ganas de sentarme en el sillón de cojines mullidos y ponerme a leer, o a escribir; pero de pronto Böcklin paró en seco y se quedó expectante. Vamos, le dije, no me digas que por fin estás cansado. Me miró a los ojos y luego volvió a enfocar su vista hacia delante. Estaba claro que había algo que yo no era capaz de percibir y que procedía de mi cabaña. Vamos, no pasa nada, le animé, pero el poco tramo que quedaba yo lo hice más rápido y él lo hizo muy pegado a mí. Y entonces vi la mecedora balanceándose sola en el porche.

Aceleré el paso para echar un vistazo hacia el camino que baja al pueblo. No parecía haber nadie por los alrededores. Qué tontería pensar que haya sido una persona, acabé diciéndome; esto está lleno de comadrejas, de ardillas, de conejos... Probablemente un gato salvaje se ha echado aquí una buena siesta, le expliqué al lobezno, que husmeaba la madera del suelo siguiendo un rastro. Vamos, ven, entra en casa, te picaré una salchicha.

Pero la intuición es como un gusano en el cerebro, un parásito que se alimenta de nuestros temores. Si no tuviésemos miedos, no desconfiaríamos. Si no recelásemos, no intuiríamos nada. Y aunque tratemos de normalizar las experiencias, de darles una explicación natural, lo más adaptada posible a un devenir que nos aporte cierta tranquilidad..., aun así, digo, el miedo se encuentra en la base de nuestra psique, está más profundamente arraigado que todos los argumentos lógicos que podamos darnos a nosotros mismos. Los hombres hemos aprendido a acariciarnos cuando sufrimos temor, a saber calmarnos con mentiras piadosas, a tapar el instinto una y otra vez, a cegarnos. Y eso es lo que habría ocurrido finalmente con este asunto si a mí no me hubiese durado cierta incomodidad y si el lobo, que no ha aprendido a obviar las cuestiones claves de la supervivencia, no se hubiera puesto en guardia haciendo caso omiso a la comida.

Me asomé a la ventana.

Era un niño. Pequeño, mediano... No sé qué edad puede tener; siete, ocho, tal vez nueve. Imposible calcularlo a esa distancia. Lo he visto andar con pasos rápidos hacia el camino, balanceando exageradamente los brazos hacia delante y hacia atrás, y de repente ha gesticulado un quiebro marcial cambiando la dirección hacia su derecha hasta llegar al gran abeto solitario que marca la entrada a mi propiedad; entonces ha dado tres vueltas, exactamente tres, alrededor del árbol y luego ha proseguido la senda hasta que lo he perdido de vista. Podría haber salido, haberlo seguido, llamarlo, preguntarle quién es; pero habría sido un crimen estropear esa escena maravillosa con mi torpe intervención.

El día está acabando y no creo que haya más sorpresas por hoy. Böcklin, con el estómago lleno, duerme tranquilo frente a un fuego nuevo, y yo me he puesto una copa que apuro ya bajo sus efectos cálidos. Suena un aria de Bach que interpreto hoy de manera bienaventurada. ¡Dormid ya, ojos cansados, caed en el suave y plácido reposo!

Un niño. Lo último que me esperaba encontrar por aquí era a un niño. Por fin alguien ha estrenado esa mecedora. Y ha sido un crío.

Todo el pueblo sabe ya que tengo un lobo. La semana pasada vi rodadas del coche forestal muy cerca, y temí que hubiesen oído aullar a Böcklin dentro de la casa. Lo hace en cuanto lo dejo encerrado para bajar al pueblo, así que era bastante probable una visita del agente.

Apareció hace dos días. Yo andaba distraído en el leñero, midiendo unos tablones, pues se me ha ocurrido la idea de hacer un bonito merendero de madera en la zona llana del prado, justo al lado del pino más hermoso. Será algo sencillo pero, con la ayuda del viejo, quedará perfectamente ubicado, de tal forma que nos permita almorzar al sol los días templados de primavera y a la sombra las tardes calurosas de verano.

Andaba buscando unos troncos de un grosor mediano que me sirvieran como patas para la mesa cuando se me acercó Böcklin con una actitud bastante nerviosa. Me di la vuelta y vi a ese hombrecillo altivo e impertinente, que ya se encontraba a muy pocos metros de mí. Buenos días, dijo. Se puso en cuclillas adelantando una mano cerrada, vacía, en ese estúpido gesto de señuelo, y llamaba al lobezno con el clásico silbido que se utiliza con los perros. La reacción de Böcklin fue asustarse aún más y buscar protección detrás de mis piernas. ¿Qué ha pasado con el gato?, le dijo al animal con una sonrisa sarcástica, ¿te lo has comido? Mi primer impulso fue preguntarle si acaso tenía invitación de mi parte o alguna orden para entrar en mi propiedad; pero me contuve y busqué la forma más cordial y efectiva que existe de evadir ciertas cuestiones: preguntar por la familia. Ni siquiera sabía si ese mendrugo tenía familia, pero la simple referencia a algo que importa provoca la simpatía en las personas de bien y el temor en las de mal, el acercamiento en la gente honrada y la desconfianza en los que sienten animadversión hacia ti. Eso es así en todas partes.

Bien, gracias, respondió, y ante la duda de si yo conocía o no a su familia, noté cómo le bajaban un poco los humos. Entonces pensé en la posibilidad de ganármelo definitivamente invitándole a una cerveza y contándole algo de mi vida, no sé, alguna cosa inventada que él pudiese luego relatar en la taberna dándose la importancia de saber más que los demás; obsequiarle con la ocasión de mostrarse ufano y de paso regalarme a mí mismo un poco de tranquilidad. Pero el esfuerzo me resultaba excesivo. El corazón contra la cabeza. Siempre es igual, maldita sea.

Y juro que luché por superarlo, por hacer un pequeño sacrificio con mi instinto primario y no sacarle de aquí de una patada en el culo. Soporté que dijese —como si escupiera— que era un error alimentar a esas alimañas; aguanté que señalara al lobezno con desprecio y que tratara de aleccionarme acerca del comportamiento diabólico de su especie, que mata diez ovejas y se come una. Escuché todo eso sin replicar porque en realidad no tenía nada que contradecir; hasta que dijo: Malos, malos por naturaleza, y la prueba es que matan a otros perros, que es como matar a sus hermanos.

Hasta ahí pude llegar. Matar a tu hermano. Maldad. Eso fue la chispa que prendió la culpa, y tuve que tirar, como tantas veces, del odio para calmarla y no dejar que me invadiese. Me acerqué a él y, mientras oía a Böcklin gruñir detrás de mí, le dije muy cerca de su rostro que no me gustaba su actitud y que no quería volver a verlo en mi finca.

Sé que la gente del pueblo estaba más tranquila respecto a mi presencia aquí desde que fui al funeral y me vieron abrazar al abuelo. Aunque sea un tipo raro, pensarían, no debe de ser mala gente cuando tiene un trato tan cercano con Coche. Pero ahora, con lo del lobo, el viejo ha tenido que interceder por mí públicamente en el bar. Me lo contó ayer, cuando el pobre hombre se apresuró a subir hasta aquí para advertirme de lo que se cocía en la taberna: Una bala perdida un día y se acaba el problema, Pues yo como vea a ese bicho fuera de su linde no dura tres pasos, Ese hombre nos traerá algún disgusto con la tontería del lobo, ya lo veréis, y yo les dije —me relataba el viejo— que qué querían que usted hiciese, que se demostraba que es buena persona si era incapaz de dejar morir de hambre a un cachorro, como si es de tigre, porque la muerte le espera a cualquier ser vivo, pero todos tienen derecho a tener algo de tiempo, que morir sin haber vivido siquiera unos meses es el vacío más grande que puede haber. La infancia, por lo menos la infancia.

La infancia. Por lo menos la infancia.

Esa frase me removió todo por dentro, sacudió el día y ya fui incapaz de darle la vuelta, de situarme de nuevo en el aquí y ahora. El viejo se marchó y yo seguí rumiando sus palabras durante horas. Me pregunté si él, que había dicho aquello con total convencimiento, habría violentado alguna vez ese principio. Aunque no se acordara ya, aunque lo hubiese tapado con el Fue terrible, ¿habría él, como hice yo, matado a niños? Porque si algo aprendí en el frente es que no existen los crímenes de guerra. Todo, absolutamente todo vale cuando te dan la consigna de considerar a los enemigos como a animales. Grandes o pequeños, eso da igual cuando se trata de una especie a exterminar.

Lo que más asusta de la maldad es que no tiene límites, no tiene un color de piel ni una ideología determinada. Por eso es complejo identificarla cuando nace y resulta muy difícil pararla cuando se desata. Es universal, infinita y, lo más desolador: eterna.

Decimos que lo racional es lo organizado, pero a la organización habría que llamarla, en verdad, descerebración. Solo descerebrando a la gente es posible organizarla. Solo avivando el miedo y convenciéndonos de que no eran personas sino fieras siempre dispuestas a atacar..., solo así, digo, soldados como yo, como mis compañeros, hombres que amaban a su novia, a sus padres, a sus hijos, eran capaces de hacer lo que hacían. Los chicos que no abandonábamos a nuestros muertos en el campo de batalla, que exponíamos el pellejo para recoger los cadáveres que llevaban nuestro uniforme, éramos los mismos que obedecíamos las órdenes de disparar en grupo contra los refugiados que huían; infiltrados disfrazados de mujeres y campesinos, nos decían que eran. Había que «deshacerse del problema, sin más». La primera vez nadie disparó a los críos. Allí quedaron, vestidos con harapos en el ya gélido invierno, llorando sobre los cuerpos sin vida de sus padres. Nadie los recogió, no había tiempo para ellos. En la segunda ocasión, una docena de personas fueron cayendo alrededor de una mujer que llevaba un bebé en los brazos. Se desplomó de rodillas, temblando, con una expresión absolutamente alienada, y yo sabía que quedaría allí sola, indefensa, totalmente desvalida, y entonces por primera vez sentí que habría sido mejor para ella y para su hijo haber muerto en el tiroteo. Y la tercera fue una masacre. Había empezado una campaña feroz de tierra quemada en la que los aviones descargaban todas las bombas del mundo acabando con refugios, suministros, comunicaciones..., cualquier cosa que pudiera servir al enemigo. Las ciudades ardían durante días, semanas. Estábamos reduciendo todo a escombros; ya no quedaban casas, ya no quedaba nada; pero ellos seguían, obstinados; y nosotros continuábamos, obstinados; y cada día, cada enfrentamiento hacía crecer el miedo, y el cansancio, y con ello el odio. Solo queríamos acabar con aquello, liquidarlo de una vez para poder volver a casa. Y así, cuando llegó un grupo de unas veinte o veinticinco personas —hombres, mujeres y niños, cubiertos hasta la cabeza y cargados con petates— y se nos dio la orden de «disparar y disparar», como siempre, quedaron los niños —dos mocosos de unos diez u once años— y dos adultos que portaban lo que parecía un bebé en los brazos. Pero aquella vez los muchachos escondían granadas, y los bultos que cargaban los mayores no eran críos, sino muñecos que tiraron a un lado para sacar sus armas y disparar por la espalda a tres de los nuestros cuando continuamos el avance. Ahí la piedad se convirtió en un sentimiento extraño, viciado, esquivo. Desaparecía en las ocasiones en las que el temor acuciaba y la supervivencia se imponía, en los momentos en los que, exhaustos, despreciábamos con una furia extrema al enemigo; y en cambio, se hacía presente de una forma casi palpable cuando veías a aquellas criaturas desamparadas, muertas de hambre y de frío, llorando entre cadáveres o presenciando las torturas de sus familiares. Y en ambos casos, acudiese la saña o la compasión, el resultado era el mismo: la muerte. Porque tanto el odio profundo como la lástima intensa son producto de la ausencia total de equilibrio, y en esas circunstancias solo matando éramos capaces de restablecerlo y acabar con la locura, con la lucha encarnizada de emociones en nuestro interior. La muerte acallaba a las mujeres con su griterío, a los ancianos orgullosos con sus quejas a la desesperada, silenciaba a las víctimas de tortura, terminaba con sus alaridos, con el dolor, con los temblores, y enmudecía a los críos de llantos desquiciados...; lograbas que ellos descansasen en paz y nosotros conseguíamos restaurar el orden en nuestras cabezas durante unos minutos de calma, tras los cuales a veces deseabas que hubiese sucedido al revés, justo cuando la vergüenza nos impedía mirar a los ojos de nuestros compañeros.

Me he servido un whisky y lo he tomado de un trago. He llorado. He vuelto a llorar.

He cometido tantos errores en mi vida... Están todos metidos en una carpeta de cartón, abusada, con las gomas ya rígidas, sin elasticidad. A veces, como ahora, la abro y los reviso, porque nos han enseñado que se aprende de los errores. Es por eso, precisamente, por lo que las equivocaciones no pueden olvidarse: por una cuestión de supervivencia. Pero ¿qué ocurre cuando el error no puede enseñar ya nada que sirva para el futuro, cuando tus días no te darán la oportunidad de ponerte en una situación semejante y no volver a cometerlos? Pues bien, yo sé lo que sucede: se enquistan. Y de cuando en cuando, se infectan. Y entonces supuran durante días hasta que vuelven a cerrar, en falso, en falso siempre.

Siempre he estado en guerra conmigo mismo. La conciencia es lo que me ha matado una y otra vez y nunca definitivamente. Ojalá pudiese extirparla de mi cabeza. Ojalá tuviera el corazón de Herodes, pero el escrúpulo no es algo que pueda elegirse. Y el mío es duro como un diamante. Está por encima de la ley. Yo he cometido actos atroces y nunca he sido juzgado por la ley. Pero mi conciencia me juzga y me condena a diario.

Böcklin me ha mirado mientras lloraba. Si él fuera un hombre, tal vez habría sido un lobo para el hombre, para mí, y me habría arrancado la yugular.

Ambos seguimos vivos. Apuro mis lágrimas y otro vaso de licor. Suenan las esquilas del ganado a lo lejos.

Es deficiente. El chiquillo que estrenó mi mecedora el otro día es un niño retrasado de ocho años.

Esta mañana llegamos tarde de nuestro paseo por el bosque. Era casi la hora de comer, pero llegué cansado, así que abrí una botella de cerveza como aperitivo y salí a tomarla al porche. Me senté en las escaleras. El sol calentaba mi piel y hacía que cerrase los ojos. Deslumbrado y rendido al placer, me dejé caer hacia atrás sobre el suelo templado. No sé si llegué a dormirme; por eso, cuando me incorporé de nuevo y vi a ese crío junto a Böcklin en la pradera, no supe si estaba soñando.

Me sorprendió tanto que durante unos segundos no supe cómo reaccionar. Y debo confesar que desconfié del lobo, que tuve miedo a que le mordiera; sin embargo, no temía por el niño, sino por la vida del lobo si le hacía algo al chico.

Estaba de rodillas y Böcklin se dejaba acariciar. Luego empezó a agazaparse frente al niño y a dar brincos, a corretear a su alrededor incitándole al juego. El crío sonreía, tan abiertamente como para poder advertirlo a esa distancia. Se puso a cuatro patas e intentó imitar al lobo en sus cabriolas, en esa graciosa danza de «cazo y esquivo» que, hasta ese momento, solo había compartido conmigo.

De pronto, el pequeño debió de reparar en mi presencia porque se detuvo en seco, se levantó y dio la vuelta girando muy rígido sobre sí mismo. Böcklin me miró, y después se mantuvo muy quieto observando cómo el niño se alejaba, llegaba hasta el gran abeto, lo rodeaba tres veces y seguía su camino.

Llamé al lobo. Vino corriendo y se sentó junto a mí en las escaleras. Los dos nos quedamos mirando hacia el punto por el que había desaparecido aquel extraño personaje.

He notado que Böcklin mira hacia donde yo miro. Esta mañana ha hecho lo mismo con el niño: ha vuelto su cabeza hacia mí cuando el crío me ha visto. Tal vez precisamente por eso he sabido que me había visto. No estoy seguro de si es algo que hagan también los perros, pero sospecho que no, pues es un comportamiento que me llama demasiado la atención para haberlo vivido antes, algo tan distinto como su rostro, ya bastante definido, los ojos anaranjados, las orejas de punta redondeada, las patas largas, su gracia al andar, la manera de relacionarse conmigo y con los demás. Respecto a esto último, es la primera vez que se ha acercado a otra persona que no sea yo. Supongo que de alguna forma ambos se han reconocido en su particularidad.

Marco. Se llama Marco y es subnormal el pobrecillo, dijo el viejo mientras me ayudaba, como cada tarde, con el merendero.

La historia del chico es una triste historia. Nació normal, me ha contado, o al menos eso piensa todo el mundo: que el retraso se debe a los tres días que estuvo el infeliz solo en la cuna, sin comer ni beber, lleno de mierda hasta arriba. Cuando lo encontraron ya no lloraba, se había quedado sin voz, y lo tuvieron que llevar, deshidratado y medio muerto, de urgencia al hospital. Tenía poco más de un año y su madre era una jovencita a la que embaucó un artista de medio pelo, bastante mayor que ella, que se había instalado en el pueblo unos meses para inspirarse. Él estaba casado y cuando la dejó embarazada quiso desentenderse, pero ella amenazó con hacerlo público, y entonces no le quedó más remedio que prometerle cierta cantidad de dinero al año. Y así fue —me siguió contando el viejo— que cuando Marco tuvo ese tiempo de vida, aquel hombre se acercó al pueblo para cumplir y largarse de nuevo tranquilo por otros doce meses. Pero lo que se encontró fue a una chica desquiciada y totalmente ebria, a un bebé mal atendido y una casa llena de botellas vacías y ceniceros llenos. Alguien del pueblo que pasaba por allí —y que, según el abuelo, luego se arrepentiría de su discreción— oyó cómo ella le gritaba que el niño era suyo y que se hiciera cargo él, que para metérsela había estado muy dispuesto. Y de esta forma, la muchacha salió por la puerta y desapareció, dejando al pequeño en la cuna y al padre con el cheque en la mano. Por lo visto, ese miserable dejó el papel firmado encima de la mesa y —tal como declaró a la policía— pensando que ella estaría de regreso en un rato, montó en su coche y se fue. Ella nunca volvió. La encontraron muerta, en extrañas circunstancias, junto a la carretera. Dicen que fue una sobredosis de algo, pero no quedó claro. Su madre, la abuela de Marco, que hoy se hace cargo de él, dio pocas explicaciones en el pueblo. Esa pobre mujer ha sufrido mucho en la vida, agregó el viejo. Dice que tampoco tiene ya la cabeza en su sitio y que, aunque se empeña en que mientras ella viva su nieto no irá a ninguna parte, cualquier día de estos vendrán para llevárselo a alguna institución.

¿Puede poner otro disco de esos suyos?, me pidió el abuelo. Se trabaja muy bien con esa música de usted, dijo. Me acerqué hasta el porche, donde había dispuesto una mesita con el tocadiscos enchufado a una alargadera, y volví a pinchar el mismo por la otra cara. No pensé demasiado en cuál le gustaría escuchar a él porque estaba deseando volver a su lado para preguntarle algunas cosas más sobre ese crío, Marco. De repente he sentido una curiosidad y un interés extraño por ese mocoso.

Me ha dicho el viejo que volveré a verlo por aquí, que como haya cogido gusto lo tendré todos los días en la pradera jugando con el perro. Lo ha llamado perro. Sabiendo que es un lobo, lo ha llamado perro. Las palabras acercan sin querer, aproximan a lo que nos gustaría que fuese; pueden transformar los conceptos en nuestra cabeza hasta distorsionar la percepción de la realidad. Si lo llamamos perro durante el tiempo suficiente, podremos jurar sin atisbo de falsedad que es un perro. Y su comportamiento nos parecerá el de un perro singular, porque a fin de cuentas, todos los bichos son —somos— distintos. Incluso podría inventarme una historia diferente; por ejemplo, que lo compré en una de esas tiendas de animales en la ciudad para no estar tan solo aquí, o tal vez una gitanilla de ojos negros los regalaba en el mercado y me encapriché del cachorro más audaz, del que intentaba salirse de la cesta. Elaboraría al detalle las escenas en mi mente y yo mismo acabaría creyendo que fueron verdad.

Ay..., sonrío pensando en lo que acabo de escribir. Soy consciente de que el temor a perderlo está creciendo a la vez que su lomo rojo y gris. Qué fáciles somos cuando entendemos nuestra propia complejidad.

El crujir de las vigas de la casa me anuncia por las mañanas la primavera, ya plenamente instalada. Sin embargo, en cuanto se mete el sol, la temperatura baja y debo avivar la lumbre. Me gusta el contraste de estas tierras. Me gusta pasar el día ahí fuera, en camisa, y después recogernos, Böcklin y yo, junto al fuego, él a dormitar, yo a leer, y poder escuchar, amplificado por la gracia de este silencio, el simple gorgoteo del vino al servirlo en la copa.

Leo a Wilde esta noche. El Wilde enajenado, loco de amor, carne de desdén en la cárcel de Reading, dice esto: Nada en el mundo carece de sentido, y mucho menos el sufrimiento.

Pienso en Marco. Busco el significado de su sufrimiento. Y puedo disculpar la barbaridad de Wilde si tengo en cuenta que, en ese momento de desesperanza, su mente intentaba protegerle buscando una razón, aunque fuese peregrina. Sé que ante el dolor el cerebro acaba encontrando un motivo, el que sea, con tal de que el hombre quiera continuar viviendo, para que no se pegue un tiro en la sien ante lo absurdo del padecimiento. Puedo comprenderlo. Puedo incluso hermanarme con él en ese sentir. Pero tal vez ni eso le salve. Tal vez hasta el gran Wilde acabe esta noche en el fuego. Ya veremos.

Me pregunto quién ama con mayor intensidad: el que se desnuda o el que se deja desnudar, el que quiere amar o quien no puede evitarlo.

Hoy sopla un viento intermitente pero cadencioso; suena como el rumor de las olas, como la respiración del mar. Oigo lo mismo que oía de fondo mientras besaba a mi mujer en aquella lejana ciudad de vacaciones. Pero también es el son de las antiguas heridas. Las toco, las recorro con la yema de los dedos y me parece que laten a otro ritmo, más rápido, como el resuello de un niño con fiebre.

Durante muchos años yo había tenido ciertos reparos y prevenciones en mi relación con las mujeres. Como un gato, me situaba donde, sin molestar, no perdía detalle. Era paciente, pero estaba alerta. En cuanto se daba la ocasión, no la desperdiciaba. Ronroneaba solo si alguna se resistía, pero jamás me dejaba atrapar; después de todo, la que fuese solo era un pez, y había muchos peces en el mar.

En cambio, con ella supe que estaba perdido desde el primer momento. No podía mantenerme a distancia, me resultaba imposible tener paciencia, era incapaz de esperar la ocasión. Comprendí que esa supuesta cobardía mía, esa fobia al compromiso, a la pérdida de mi libertad, al sufrimiento..., todo eso era una falacia, la excusa perfecta para decir adiós a quien no me convencía. No era miedo a la decepción por lo de la niña pantera, no era la falta de madurez que aseguraban mis «medio novias», ni temor a la responsabilidad como creían mis amigos; era sencillamente que la chica de turno no tenía para mí el gancho suficiente. Cuando me enamoré de verdad no hubo contención, ni temores, ni nada que pudiese controlar, y mucho menos era libre para tomar la decisión de alejarme de la persona a la que amaba. Y esa me parece la clave para diferenciar el amor auténtico del que no lo es.

Aquella primera noche en el Paraíso tuve un sueño bastante inquieto. No por el clima húmedo, el ruido de las mareas o porque extrañase la cama: era solo porque necesitaba que pasaran las horas deprisa para volver a verla. Tenía que saber más sobre ella, me urgía conocerlo todo acerca de su vida. Así que vi amanecer lentamente sobre las maderas de su bungaló, me arreglé el pelo y me afeité con esmero, y fui el primero en llegar al comedor para desayunar. Luego agarré un periódico cualquiera de los que estaban en el mostrador de la recepción y me dispuse a fingir que lo leía, relajado, en uno de aquellos cómodos sillones de piel que había en el hall, por donde inevitablemente debería pasar ella para tomar su desayuno. Después cogí otro. Y más tarde una revista. Pero no apareció. Me fui de allí decepcionado y decidí meterme en mi cabaña a espiar la suya desde la ventana. No me interesaba nada más; por muy bello que prometía ser aquel paraje —que aún no conocía—, por muchas actividades y diversiones que ofreciese aquella ciudad artificial, lo único que podía moverme a mí era el placer natural de tener a esa mujer cerca.

Un camarero paró con un carrito frente a su habitación. Llamó a la puerta y tras ella apareció mi mujer. Tenía el cuerpo cubierto con una toalla por debajo de los brazos y otra enrollada en la cabeza. Lo invitó a pasar y, al cabo de unos segundos, él salió con una bandeja. Intenté vislumbrar el menaje que había encima: uno o dos vasos, una o dos tazas, uno o dos platos..., pero no pude verlo con precisión. Bueno, en algún momento saldría o saldrían los huéspedes. Yo, por mi parte, no tenía nada que hacer ni más prisa que la urgencia de mi instinto.

No tardó demasiado. Y gracias al cielo estaba sola, pues cerró la puerta con llave y se la guardó en el bolsillo de un bonito vestido a rayas que hacía juego con la cinta de su pamela. Llevaba un bolso de paja trenzada al hombro y, en la mano, lo que luego supe que era un bloc de dibujo. Esperé justo lo que me permitió la escasa prudencia del momento y salí tras ella. La veía caminar hacia la playa, a unos metros por delante de mí, y me parecía percibir a cada paso vaharadas de un aroma de ángel. No tardamos en llegar a las dunas. Ella se paró en lo alto de una de ellas. Su vestido y su sombrero se agitaban con la brisa, y decidió descubrir su cabeza dejando su pelo negro ondular al aire. Yo me mantuve quieto cual estatua, a unos metros, sin atreverme a interrumpir, al menos hasta que estuviese acomodada y el encuentro pareciera casual.

Vaya, ¿es usted artista?, le pregunté. ¡Hola!, me saludó alegre, no es más que un apunte, dijo. ¿Es usted una especie de pintora castrense?, bromeé.

¿Pues sabe?, respondió ella, la guerra se parece mucho al arte; sobre todo en su inutilidad. Visto así..., asentí, tiene usted razón. Además, prosiguió, se habla del arte de hacer la guerra y a fin de cuentas, la pasión que pone el artista en cualquier disciplina es la misma; son igual de ciegos e irresponsables. Me miró, girando la cabeza hacia un lado y hacia arriba, cambió de lápiz y siguió con su dibujo y sus argumentos. Como ve, tienen muchos puntos en común, más de los que parece a simple vista, porque... ¿se da usted cuenta de cómo funciona el arte en estos días? Está completamente subyugado a la política. La escritura, la pintura, la arquitectura..., todo es producto de intereses políticos. Alguien hace una porquería, pero si les interesa lo llaman vanguardia, lo ponen en un pedestal y lo cubren de dinero. Bah... ¿Sabe?, solo hay dos tipos de artistas: los ilusos o los farsantes. No hay más.

Y decía todo esto sin dejar de esbozar sobre el papel los cuerpos de dos criaturas jugando en la orilla. Hasta el momento ella había esquivado con éxito cualquier pregunta personal. Yo ni siquiera sabía de dónde era —aparte de la indicación de aquella estrella—, qué hacía allí —excepto estar de vacaciones—, a qué se dedicaba —salvo su afición por el arte—, si estaba casada y, si lo estaba, por qué estaba sola..., ¡cuál era su bendito nombre!

Me llamo Yo. Yo, repitió escribiéndolo con el dedo en la arena. Y sí, puede usted sentarse si quiere, dijo intuyendo mis intenciones, siempre que no haga preguntas personales. Obedecí sonriente y, por supuesto, agradecido. Y lo que son las cosas, a pesar de su advertencia, no me importó la falta de reciprocidad y le fui dando un montón de datos sobre mi vida. Sin que formulara cuestión alguna por su parte, en aquella conversación sobre arte, guerra y política le solté mi nombre completo, dónde vivía, mi condición, el motivo de estar allí solo como la una y hasta el porqué del apodo Ilustrado, que me había ido acompañando siempre precedido del rango militar que tocase. Me daba igual que ella no se abriese a mí; yo necesitaba darme a ella. Entendí en ese momento la felicidad que se puede experimentar al ofrecerse a la persona amada. Aquello era todavía un esbozo de lo que llegaría a ser, pero creo que ahí ya estaba todo decidido. Era suyo. Sin más. Y me entregué ciegamente; confié en que ella iba a poder con esa carga. Lo paradójico es que solo siendo egoísta se puede aguantar ese peso. No todo el mundo puede con ello; hay personas que, simplemente, no soportan estar siempre «en deuda». Otras, como ella, sí. Pero también hay egoísmo en quien se entrega como hice yo, dándose por completo. Ese egoísmo venial es el que hizo tambalear de vez en cuando mis ideas hobbesianas. Pero no, no soy inocente; porque todo egoísmo, del tipo que sea, tiene un idéntico fin: la felicidad, y la felicidad, un solo medio para conseguirla: el egoísmo.

Despegó la hoja del cuaderno y me preguntó si sabía hacer aviones de papel. Le contesté que no sería capaz de arrugar un dibujo como ese, un tesoro hecho por las manos de una verdadera artista, no una farsante, no una ilusa. Me miró con una sonrisa descreída y se puso en pie. Recogió su bolso, su bloc y sus pinturas, y dijo que era tarde y que debía irse. Me quedé extasiado ante la imagen de aquella figura alejándose con su pamela en la mano, agradecido a la brisa por pegar la tela del vestido a su cuerpo y ofrecerme el regalo de su silueta; y de repente, dio media vuelta y me gritó: ¡Ilustrado!, ¿nos veremos esta noche en la fiesta? Yo no tenía ni idea de a qué tipo de fiesta se refería, pero por supuesto que estaría allí, aunque resultase ser un aquelarre en el infierno.

El viento paró finalmente a media tarde y hemos salido a dar un paseo por el bosque montano. Böcklin escucha cada vez con más atención el tintineo lejano de las esquilas en las zonas bajas del valle. Yo le tuerzo el instinto —porque el mío es protegerlo— y me lo llevo hacia la parte alta, donde cada día se aleja un poco más de mí siguiendo el rastro de animales que, estoy seguro, reconoce ya como presas aunque no haya cazado nada todavía. Hace dos días que nos siguen un par de cuervos en nuestras caminatas. Son amigos de Böcklin. Sí, el lobato ha hecho amigos. Los he visto jugando en la pradera. Le tiran de la cola, le picotean el lomo, incluso le molestan en la siesta como si fueran moscas. Con todo el descaro han llegado a robarle su comida delante de mí. Pero él los persigue, salta y da bocados al aire sin intención verdadera de pillarlos. O al menos eso creo.

El viejo ha quedado en venir mañana. Estrenaremos el nuevo merendero con café cargado, como le gusta, y traerá un bizcocho casero hecho por esa vecina que se está portando tan bien con él desde que enviudó. Me pregunto si se debe a un sentimiento de buena vecindad, a la compasión, o hay algo más. Y si es así, si uno siente exactamente lo mismo por el otro. Nunca se sabe lo que hay en el corazón ajeno: si quiere amar o si no puede evitarlo, si se desnudará o dejará que lo desnuden.

He intentado por unas horas despejar mi cabeza; procuraba ahora mismo tener otros pensamientos: Böcklin, los cuervos, el abuelo y su vecina..., torcer mi instinto como hago con el lobo al comienzo de nuestros paseos; todo para tratar, en vano, de abandonar a mi mujer.

Tal vez debería dejar todas estas cosas durmiendo en su sitio, viviendo su paz. Pero no puedo. Temo que si dejo de recordar nuestro amor este desaparezca, y eso sí que me es inaceptable.

Podría hacer del recuerdo un arte. Hace tiempo que dejé de ser un iluso, pero aún estaría a tiempo de ser un farsante modelando cada escena, cada conversación, cada detalle a mi conveniencia hasta dejarlo en el punto álgido de la belleza, de la felicidad, o tal vez en el más terrible del drama y el dolor. Y sin embargo, hago esfuerzos por conservarlo tal como fue, porque no soportaría que la más mínima variación provocara que la amase un poco menos.

Comenzó a llover a primera hora de la tarde. No le habían caído ni tres gotas encima cuando echó a andar con sus grandes zancadas hacia el abeto, para rodearlo tres veces e irse de nuevo a su casa.

Marco no me parece tan deficiente como dice el viejo, o al menos no tanto como yo lo había interpretado. Puede que sea eso, claro. Todos tenemos una idea base sobre la que se mueven nuestros pensamientos; los prejuicios son muy personales. Imaginé que sería semejante a los muchachos subnormales que había visto antes, chiquillos con serios problemas mentales. Pero aquellos no eran capaces de entender correctamente casi nada, la mayoría no se relacionaba con sus compañeros o cuidadores excepto para morderlos o arañarlos, y desde luego, ninguno dibujaba como Marco.

No habla. Al menos de momento no me ha dicho nada. A Böcklin tampoco le hablaba en la pradera cuando los descubrí a través de la ventana. Los observé con calma mientras fregaba los cacharros de la comida. El chiquillo, a cuatro patas, simulaba ser también un lobo —o tal vez un oso, quién sabe—, y lanzaba dentelladas a un lado y a otro. Böcklin lo rodeaba y le mordía el pantalón por detrás. El niño giraba, y el juego se fue repitiendo hasta que Marco se lanzó por sorpresa hacia su lomo en un intento de atraparlo; entonces acabó tumbado sobre la hierba, con el animal golpeándole con las patas en el pecho. Después le dio lametazos en la cara una y otra vez hasta provocarme grima. En cambio, Marco se dejaba hacer. En realidad, el mocoso se estaba haciendo el muerto, seguía jugando cuando yo, asustado por su inmovilidad, me sequé las manos y salí enseguida a ver qué le pasaba. Pero al llegar al soportal, él ya había vuelto a moverse y entonces preferí sentarme en las escaleras a contemplar la belleza de esa escena. Marco abrazó al lobo. Este se tumbó a su lado sobre el prado verde y el niño estuvo un buen rato acariciándole el pelaje, cada día más largo, más claro y hermoso. No demasiado lejos de mí, los cuervos también observaban desde la rama de un árbol.

Entré en casa; cogí un cuaderno limpio, unos lápices y una barra de chocolate y salí hacia el merendero. Al verme, el niño se puso algo tenso y Böcklin se acercó alegre, y corría un poco hacia él y luego hacia mí, como si dijera: Mira quién ha venido, espero que le aceptes en la manada. Ya veo, ya veo, le contesté. Y entonces llamé al crío por su nombre. Marco, le dije, y me sonó tan extraño como quien oye su voz grabada por primera vez. Marco, quieres merendar, le pregunté mostrándole la tableta. Él se fue acercando lentamente, pero en cuanto llegó, tomó asiento en el banco de enfrente y agarró el trozo de chocolate que yo le ofrecía. Allí, de cerca, he podido observarle mejor. Tiene la piel del rostro curtida y pecosa, y restos de legañas en los ojos, de un verde aceituna. Su pelo rucio está bien peinado a raya, pero el corte es descuidado y la higiene en general brilla por su ausencia.

Cuando acabó con el primer pedazo, le ofrecí más y lo cogió enseguida. Para no intimidarle mientras comía, me dediqué a hacer un dibujo de la casa. Bah, me quejé, qué mal pinto. Seguro que hasta tú lo haces mejor, Böcklin. El niño siguió muy serio, y me dio la impresión de que o bien ha pensado que soy idiota, o que he sido condescendiente con él. Espero que crea que es lo primero. El caso es que, un poco avergonzado de mí mismo y ya sin rodeos, le pregunté si le apetecía pintar y le acerqué el cuaderno y los lápices. No dudó un instante en ponerse a ello. Con rapidez y decisión, fue esbozando, sin mirar ni una sola vez, toda la estructura de esta cabaña. Yo estaba fascinado viendo aquella pequeña mano, con las uñas sucias y los dedos manchados de chocolate, moviéndose de esa forma airosa y segura que yo no esperaba en absoluto.

La lluvia llegó para estropearlo todo. Espera, le dije, podemos ir adentro. Pero él ya había cogido el cuaderno, el lápiz y lo que quedaba de la tableta y se había levantado como un resorte para largarse, así, llevándoselo todo sin más. Fueron cuatro gotas, pero suficientes para fastidiarnos la tarde. Böcklin lo acompañó hasta el abeto y luego volvió conmigo.

Esta mañana he vuelto a hacer mi propio pan. Le estoy cogiendo el truco y cada vez amaso hogazas más grandes porque se mantienen frescas durante varios días. Mientras reposaba, he bajado al pueblo a hacer algunas compras. La mujer del supermercado, a saber por qué —quizá yo lleve un ritmo de avituallamiento del que no soy consciente pero ella sí—, me había reservado la mejor pieza de carne roja que le habían servido. O eso me ha dicho. Se lo he agradecido intentando ocultar mi sorpresa. He recogido mi giro y mi correspondencia en la oficina postal, y el gerente me ha ofrecido darme el servicio a domicilio; después de todo, ha dicho, con nuestro vecino siempre lo hacíamos. He rehusado educadamente, intentando ocultar de nuevo mi asombro. Me han saludado por la calle varias personas a las que no conozco de nada, y también otras tantas me han mirado de forma aviesa. Estas últimas no me han desconcertado en absoluto, incluso me han tranquilizado de alguna forma.

La cordialidad, por lo general, es solo cobardía. Las personas tienden a ser atentas con quien temen. Y también, por lo general, las personas cobardes resultan ser las más peligrosas. La traición siempre ha tenido antes una cara amable. Pero tal vez me estoy dejando llevar por mi proverbial desconfianza, al menos con la mujer de la tienda y el encargado del servicio postal, que es probable que se comporten así porque hayan superado, precisamente, su recelo hacia mí.

Empieza a oscurecer. Tengo un poco de fuego en la chimenea, un lobo tumbado frente a ella, panceta y pan casero, una copa de buen vino sobre la mesa; el verano está a la vuelta de la esquina, los grillos cantan ahí fuera desesperados y yo mantengo la calma. He sido capaz, un día más, de mantener la calma.

Está todo bien. Estoy bien aquí. Todo está bien aquí.

Escribo desde la orilla del charco de la cascada. Hace un día magnífico y Böcklin y yo estamos disfrutando del bosque, que está en su máximo esplendor. Nada de silencio. Quien quiera disfrutar de silencio no debe venir al campo en esta época. El ruido es atronador. Desde esta posición apenas puede oírse algo más que el sonido del agua golpeando las rocas, pero unos metros más allá, los cantos de los gorriones y otras decenas de pájaros que dice el viejo que son carboneros, tordos y no sé qué más, te aturden de tal manera que, si no tuvieras forma de escapar o no llegase la relativa paz de la noche, enloquecerías. Y digo relativa porque los maullidos de gatos salvajes en celo, el incesante reclamo de los grillos, el ulular de las lechuzas y los graznidos, gemidos y gorjeos de animales nocturnos forman una gran orquesta de medianoche a la que me he ido acostumbrando.

Hace tiempo que no se oyen lobos. Creo haber aprendido a diferenciar, gracias a Böcklin, el aullido de estos del de los perros. Si Böcklin se levanta y aúlla también, deduzco que son lobos. Si solo echa las orejas hacia delante, son de perros, y compruebo entonces que el sonido es mucho menos profundo. Y sí, ahora que caigo en la cuenta, hace bastante que no responde a los suyos. Tal vez con el deshielo de los picos de las montañas llegue también el momento de expandir su territorio y se alejen hacia las cimas más altas. Me pregunto en qué momento este lobo —me resisto a decir «mi lobo»— sentirá la llamada de la libertad, la fuerza incontenible del instinto, y se irá a buscar a su manada o a intentar crear la suya propia; si lo reconocerán, si lo admitirán o lo repudiarán por su olor a humano o por su belleza, o por su brío, o por su debilidad... Qué criterios tendrán los lobos para aceptar, para acoger a otros, para tolerar sus diferencias, sus pequeñas inferioridades o su gran superioridad. Ese es un mundo desconocido para mí, y de momento también para él, que recorre la orilla espantando a las ranas y a una pobre salamandra que tomaba el sol encima de una piedra.

En cambio, sí que sé un poco, solo un poco, acerca de los criterios humanos para asumir, aguantar y consentir. Llevo haciéndolo toda la vida, y aunque podría tener ya como cierta una teoría, o acaso la refutación a esa teoría, lo único que puedo asegurar es que jamás llegas a acostumbrarte. Yo tragaba con el cabrón de mi hermano, con la frialdad de mi madre, con la indiferencia de mi padre —mutua, por otra parte, aunque no por ello menos significativa—, todo para seguir en la manada; cuando fui expulsado como un cachorro aborrecido, claudiqué en el Ejército para volver a pertenecer a alguna, afronté el miedo y apenqué en el frente, con abuso y menosprecio del prójimo y de mí mismo con tal de continuar en ella... Y a pesar de todo, no conocí la verdadera transigencia, la aceptación de esas pasiones que se convierten en un fuego insoportable, hasta que conocí a mi mujer. A mi mujer casada.

Quédate quieto mientras te sea posible. Eso me dijo en tres ocasiones.

La primera mientras me dibujaba a grandes rasgos, tal como son los míos, en la terraza de la piscina. Yo tenía resaca —física y emocional— de la noche anterior, pero ella había pedido un martini y jugaba con la aceituna mirándome por encima de las gafas de sol. Tienes un rostro perfecto para inspirar un personaje de cómic, un superhéroe, Superilustrado, por ejemplo; rio. Déjame crearte. Y sacó de su bolso un pequeño bloc y un estuche metálico con tres carboncillos. Quédate quieto mientras te sea posible, me pidió. Y yo sonreí. Y ella me dijo: No sonrías. Y yo alcé una ceja. Y ella dijo: No seas tonto. Y yo me puse serio e intenté concentrarme en su rostro y no recordar que la noche anterior, tras la fiesta y todo lo demás, en la despedida, ella me había insinuado algo, yo qué sabía qué, pero que me hizo enrojecer en aquel momento y también en ese otro, al día siguiente, en el que me estaba dibujando.

Nadie parecía conocerla en aquella ciudad de vacaciones, excepto una dama gordísima y muy enjoyada a la que vi que saludaba con cierta familiaridad cuando llegó a la fiesta. Sin embargo, ella es de ese tipo de mujeres a las que resulta difícil quedarse un rato a solas. Así que rápidamente tuvo tres moscardones zumbándole alrededor, incluido yo, claro. Se dejó invitar a un martini por cada uno y, con verdadera maestría, volvió a esquivar preguntas personales y hasta consiguió que se entablase una conversación afable entre los cuatro; se interesó por los temas de todos y nos fue haciendo partícipes de los asuntos ajenos, convirtiendo así a los potenciales competidores en camaradas. La música sonaba y la charla cada vez era más distendida cuando, de repente, ella quiso bailar la canción que estaba tocando la orquesta. Me cogió de la mano, se disculpó con los demás, y me llevó rápidamente hacia la pista. Por primera vez mis manos sentían el roce de su cuerpo: su mano suave en la mía, mis dedos inseguros en su cintura, la proximidad de su rostro, su olor...

Baila, me ordenó, y ve alejándonos hacia la salida. Y así lo hice, sin preguntas ni reservas, procurando ser paciente, no dar pasos demasiado grandes que resultaran sospechosos y, sobre todo, mantener un ritmo que fuera más calmado que los latidos de mi corazón; porque en esa carrera caótica de las gotas de lluvia sobre el cristal, yo acababa de tener mi segundo golpe de suerte, y aquella mujer me estaba haciendo volar, levitar sobre los abismos donde otros se hundían.

Una vez fuera, ella se acercó a uno de los taxis que había siempre de guardia en la puerta y le dijo al chófer que nos llevase al primer sitio que conociera donde se pudiese comer algo con las manos.

Pude palpar la felicidad en aquel bar de gasolinera mientras la observaba dando mordiscos a su bocadillo y bebiendo a morro de una botella de cerveza, como si fuese una chiquilla. Nos portamos como adolescentes; reímos mucho, recuerdo que ella no dejó de sonreír, y dos horas más tarde, en la puerta de su cabaña, yo luchaba contra todos mis impulsos primarios para no acercarme a su cuerpo, besarla, meterla en la habitación, cerrar la puerta y hacerla mía. Tragaba saliva, y no sabía qué decir ni cómo despedirme. Aquel lunar suyo me estaba volviendo loco, y ella debió de notar que mi mirada se desviaba hacia ese punto una y otra vez. Voy a contarte algo, Ilustrado, me dijo sonriendo. Tengo lunares de punto y seguido, de punto y aparte y de punto final. Pero saber de la existencia, querido amigo Ilustrado, no es lo mismo que conocer.

Que no se me olvide preguntarle al abuelo el nombre de esos pajarillos con la cabeza roja brillante, que cantan agudo y largo, y que desaparecen en las cortezas de los árboles como por arte de magia.

Tercer cuaderno

Cómo pasa el tiempo. Estreno un nuevo cuaderno sin saber muy bien con qué he rellenado el anterior. Miro atrás y me da la impresión de haber vivido en un estado de semiinconsciencia. A pesar de mantenerme más sobrio que nunca, más consciente de todo a mi alrededor, con los sentidos más abiertos y la mente más lúcida, a pesar de todo eso, digo, los recuerdos de estos meses pasados tienen esa extraña pátina de los sueños. Y es que, tal vez, en los momentos intensos nuestra conciencia está realmente en otro mundo; aunque las imágenes sean nítidas, la impresión es onírica, como si no llegásemos a creernos que realmente hayamos sido felices.

Así ocurrió la segunda vez que ella me dijo: Quédate quieto mientras te sea posible. Solo recuerdo esa frase, dicha en un susurro de su voz, tan sugerente, tan cautivadora... El resto son secuencias, fogonazos, sensaciones, pero no hay más palabras en ese momento, en la cama de aquella habitación.

Yo había pasado el día entero en un estado febril, loco de deseo porque ella no se había dejado ver durante toda la jornada; y no lo entendía muy bien, pero mi ansiedad por encontrarla parecía no tener límite. Por la mañana la busqué sin éxito en el comedor, por la playa, en la piscina, en las canchas de tenis; miré entre los puestos de ropa y complementos veraniegos, por el recinto de espectáculos, en el picadero, de nuevo en la playa, otra vez en el comedor... Ya por la tarde, después de pasarme tres horas vigilando desde mi ventana, salí desesperado y, con paso firme, me dirigí hacia su habitación dispuesto a llamar. Después de hacerlo, oí un ruido y supe que estaba dentro, pero no me abrió. Golpeé otra vez con los nudillos. La llamé, Yo, y volví a golpear. Su nombre explotó en mi boca. Yo, Yo, Yo..., gritaba por dentro, sin atreverme a pronunciarlo de nuevo. En un mundo sin cortapisas, habría aporreado la puerta o la habría echado abajo, pero no me quedó más remedio que irme, frustrado, y luego, cuando me dio por pensarlo en frío, también con cierta preocupación. Así que me acerqué al edificio principal y pregunté por el director, al que le expuse mi inquietud por el bienestar de la señorita de la cabaña de enfrente. El hombre hizo sus pesquisas con la máxima discreción y me aseguró que ella se encontraba perfectamente. Le di las gracias y regresé a mi bungaló, ofuscado y confuso. Me tumbé en la cama mirando al techo hasta que oscureció y quedó todo en tinieblas. Entonces telefoneé y pedí que me llevaran algo de cena y una botella de whisky.

Bien pasada la medianoche, tocaron a mi puerta. Me encontraba acostado, leyendo —algo de Yeats, creo recordar—, y solo llevaba puesto el pantalón del pijama, así que pregunté que quién era antes de levantarme. La respuesta fueron tres golpes más fuertes, impacientes, violentos. Ante tal urgencia, me incorporé enseguida para abrir.

Se quedó mirándome unos segundos, insuficientes para que yo encajara la sorpresa, y después se acercó a mí y me besó con fuerza, con labios firmes y decididos. La puerta se cerró y aquella habitación comenzó a arder con nosotros dentro.

No hubo más piel que su piel en el mundo; me di cuenta de que realmente yo no había visto nunca unos pechos, no había saboreado una boca ni había sentido el sexo de una mujer hasta ese momento en el que la mía, con mi miembro dentro de ella, me dijo en un susurro: Quédate quieto mientras te sea posible.

No hubo más palabras; solo su respiración agitada por los latidos de mi sexo detenido en su interior, mis jadeos con cada contracción de su vagina y los gemidos que le provocaban mis pulsaciones, voluntarias o involuntarias —imposible discernirlo—, con mi pubis apretado contra el suyo..., hasta que ya no me fue posible quedarme quieto y me agité sobre su cuerpo. Entonces la sentí convulsionar y todo explotó. Juro que todo estalló, todo saltó por los aires, cama, armario, botella de whisky, el escritorio y la silla, el techo, los cristales de las ventanas, mi cabeza, la vida entera.

Estoy muy excitado ahora mismo. Los recuerdos me han encendido y siento cómo ardo bajo los pantalones. Voy a tener que solucionar esto.

He estado en el baño. No he podido evitar hacer algo a lo que llevaba resistiéndome desde que llegué aquí: sacar su fotografía de entre las páginas del tomo de Shakespeare. Ver de nuevo su rostro, después de tanto tiempo, me ha inflamado aún más. Me he colocado frente al espejo del lavabo y he metido la estampa de mi diosa en la ranura del marco. Así, la veía a ella, y me veía a mí mientras lo hacía, mientras sacudía mi polla empalmada como si fuese un adolescente. Y ha estado bien. Me siento bien. Por un momento tuve miedo de acabar llorando, temí que la nostalgia me pegara un puñetazo —tal como ha hecho tantas veces— justo en el último espasmo de placer. Pero no ha sido así. Y podría vender los años que me queden por volver a tenerla una noche tumbada a mi lado, yo a su espalda, su pecho en mi mano; sin embargo, ya no me duele verla. He dejado allí la fotografía. Hoy comprendo que la muerte en realidad es la muerte de lo amado. No tendré conciencia de mi propia desaparición. Y no, mientras viva, no voy a dejar morir lo que amo.

Ahora saldré al porche y me sentaré en la mecedora. Me fumaré un cigarrillo tranquilo mientras me balanceo levemente; cerraré los ojos y me adormeceré evocándola, descalza y con mi camisa remangada, fumándose uno de mis pitillos en la ventana trasera de aquella cabaña. Se oía el mar, inspirando, espirando.

Los recuerdos más secretos sonríen o lloran. El de hoy sonríe.

Marco ha estado aquí esta mañana. Me ha alegrado mucho verlo aparecer por el camino. Y a Böcklin también, que ha echado a correr hacia él inmediatamente. Saltaba a su alrededor provocándole para jugar, pero hoy el niño no le hacía caso; ha ido esquivando al lobo, con los ojos puestos en mí, y no ha parado hasta llegar a mi lado. Yo andaba arreglando la vieja motocicleta del establo. Ha supuesto un verdadero placer volver a oír de cerca el rugido de un motor, oler la gasolina y mancharme las manos de grasa. Fue un error encaminar mis labores en el Ejército hacia la cartografía; disfrutaba mucho más metiéndome en los talleres a husmear por aquí y por allá y a ofrecer una ayuda que los mecánicos no necesitaban. Sí, sin duda ha llegado la hora de volver a las ruedas. Tal vez me compre un coche, uno más pequeño, de los que se usan por aquí. Hice una tontería abandonando el mío en aquel aparcamiento, pero cuando decidí dejarlo todo y largarme lejos, fue lo único que no pude vender. Realmente no quería hacerlo; le puse un precio tan alto para que nadie se acercase siquiera a hacerme una oferta, un precio acorde con lo que ese coche valía para mí. Me escocía la idea de que alguien se sentase donde había quedado impreso el olor del cuerpo desnudo de mi mujer, la marca de sus uñas en la tapicería de cuero, la impronta de cientos de «Te amo» y de decenas de discusiones acaloradas, y, sobre todo, flota allí dentro la energía de mi deseo contenido mientras atravesaba todas aquellas carreteras que debía recorrer, cruzando el país, para poder encontrarme con ella por fin; todo ello después de hacer juegos de magia o trampa en el juego, lo que hiciese falta, con el objetivo de que coincidiesen mis vacaciones con las maniobras de su marido en algún lugar lejano.

Pero volvamos de nuevo a la motocicleta y a Marco.

Dejé la llave inglesa en el suelo y me limpié las manos con un trapo para recibirle. Se acercaba tan presuroso y decidido que temí que no frenase. Sin embargo, lo hizo. En seco. Y entonces me dio lo que llevaba en la mano. Era un papel enrollado: la hoja en la que había empezado a dibujar la casa, ahora perfectamente acabada y coloreada; una asombrosa pintura en la que se aprecia el gusto por el detalle y un uso muy inteligente de los tonos y las sombras. Y lo más increíble es que creo que lo ha hecho todo sin mirar, sin tener más referencia que su memoria. ¿Es para mí?, le pregunté. No hubo respuesta, así que supuse que era un regalo. Ven, le dije, y entramos. Me lavé las manos en el fregadero y después descolgué un pequeño cuadro que ya estaba cuando llegué y que no había quitado por pereza y por no dejar una fea marca en la pared. Espero que no fuese un regalo del viejo a su amigo el de las herramientas, pero ya es tarde para rectificar. Lo cierto es que era una litografía horrenda de unos ciervos muertos a los que por fin les ha llegado su segunda hora, pero la moldura es discreta y de buen material; así que quité las puntas que ajustaban la lámina de madera del reverso y cambié esa estampa vulgar por la magnífica obra de Marco. Colgué de nuevo el cuadro en la pared y ambos lo miramos satisfechos. (Bueno, supongo que él también, aunque no podría jurarlo). Vaya, le dije, se te ha olvidado la firma. Él permaneció en observación sin hacer gesto alguno y caí en la cuenta de que, tal vez, ni siquiera sabe escribir. Entonces fui consciente de los errores en los que se cae a menudo, tanto dando cosas por sentado como no dándolas, por lo que lo más sano es actuar en todo momento con lo que nos sale de las tripas. A fin de cuentas, pensar y sentir es lo mismo. Cada uno de mis pensamientos está ligado a una emoción y todos mis sentimientos son pensados para poder sentirlos. No hay sentimiento del que sea consciente que no pase por la razón, ni idea sin espíritu.

Las palabras son otra cosa. En las palabras no hay que creer, al menos no en las que se pronuncian. Nacen pervertidas por las intenciones y casi siempre son falseadas, abusadas o cambiantes. Recuerdo ahora aquella escena dantesca de los días de guerra: esa mujer, arrodillada y con el rostro desencajado, que gritaba con desesperación pidiendo clemencia con la única frase que había aprendido en nuestro idioma; se desgañitaba diciendo que nos amaba mientras todo un pelotón de soldados armados se reía de ella. De qué sirven las palabras en la indignidad de una guerra, de qué si resultan absurdas cuando más falta hacen. Y bueno..., qué decir de las palabras escritas. Los libros pueden ayudarte en algunos momentos de la vida, sí, pero nunca debes dar por cierto nada de lo que dicen. La mayoría de esas palabras no están puestas en el papel desde la verdadera intimidad, desde la franqueza, sino con eso de lo que hablaba mi mujer: la ilusión o la falsedad del artista. Por eso, a mí ya no me engañan, ninguna sentencia me convence a priori, todas están en tela de juicio. Ha llegado un momento en el que solo me valen las mías, mis verdades y mis dudas, mis propias seguridades y contradicciones. Son las únicas que considero puras, sinceras, sin ambición alguna, pues yo escribo esto sin otra razón que restablecer la relación conmigo mismo, sin más motivo que intentar comprenderme y, tal vez, llegar a aceptarme. Conseguir paz.

Pero vuelvo al cuadro y a Marco.

Me di la vuelta y fui hacia la librería para coger el tomo de *Veinte mil leguas de viaje submarino*, un tesoro de mi infancia que metí en la maleta aquel fatídico día en el que mi madre me echó de casa. Es una edición especial con unas hermosísimas ilustraciones a color que me hicieron soñar con otros mundos, sin ser consciente de que esos mundos eran monstruosos y que querer vivirlos solo puede responder a una perversión de ciertas mentes como la mía, enfermas ya desde niños. Luego tuve la oportunidad de contemplar la monstruosidad del mundo real y darme cuenta de que, tal vez, aquella excitación infantil tenga un objetivo: preparar para lo venidero. ¿Qué fue primero: el huevo o la gallina? ¿La enfermedad de la mente o el destino reservado a esa mente? La mente enferma ¿nace o se hace? Y si es lo segundo, ¿se hace ella sola, o la hacen? En fin, dejaré esto.

Vuelvo al libro y a Marco.

Puse el tomo sobre la mesa, lo abrí por uno de los dibujos al azar —un arponero atacando al presunto monstruo: el Nautilus— y le dije al niño que se acercara para verlo. Mira, señalé, y lo deslicé sobre el tablero para acercárselo un poco y que pudiese comprobar que se trataba de una pintura. En cuanto la atisbó, se aproximó ya sin prevención. Estuvo mirándola fijamente, sin decir nada ni hacer gesto alguno hasta que, después de un rato, consideré que él no tenía por qué saber que había más ilustraciones en el libro, hasta un total de doce, y decidí mostrárselo cogiendo el grueso de las hojas y deslizando suavemente mi pulgar sobre el borde, de forma que él pudiese ver, en secuencia acelerada, los tesoros que escondía entre sus páginas.

En ese instante oí su inspiración rápida: ese sonido universal de la sorpresa, de la impresión infantil.

Entonces cogió el libro delicadamente con sus manos sucias y se fue hacia la puerta. Creí que tendría la intención de sacarlo al porche y mirarlo allí, con más luz, sentado en la mecedora, o en las escaleras, o junto a Böcklin, o qué sé yo..., cualquier cosa menos que saliera andando con su paso marcial hacia el abeto, diese sus tres vueltas de rigor y desapareciera llevándose con él el libro de mi infancia. Eh, eh..., le grité, vuelve aquí, no te lo lleves. Fue inútil. Quizá también sea sordo. Böcklin lo acompañó hasta el árbol y luego se quedó sentado, mirando cómo se iba su amigo sin haber jugado hoy con él.

Está cayendo el sol y hay una invasión de polillas. Ya había visto en mis paseos algunos árboles completamente cubiertos de hilos de seda: la despensa de los pájaros, llamó el viejo a aquello. Y resulta que hoy ha tenido lugar la gran eclosión. Ayer no había ni una y hoy están por todas partes. El lobo intenta atraparlas con sus fauces; olisquea con curiosidad a las que revolotean fallidas por el suelo del porche. He cerrado la puerta para que no se metan en la casa y nos hemos quedado aquí fuera a disfrutar del espectáculo. Cientos de pequeñas aves vuelan desenfrenadas en todas direcciones atrapando con sus picos a estas peludas y suculentas mariposas.

Es una locura. Una preciosa locura. Me resulta fascinante, como resulta cualquier mundo lejano con monstruos ajenos.

He cogido unas flores —creo que son lirios salvajes— y las he puesto en una jarra con agua. Las tengo frente a mí mientras escribo esto en la mesa del merendero. Me acompaña también un vaso de whisky y la música de Beethoven, que suena desde el porche a un volumen lo bastante alto para escucharlo desde aquí. La tarde es templada y apuro estas últimas horas de sol contemplando cómo brilla la hierba fresca, el verde intenso de los brotes nuevos del verano y, allí arriba, los vellones blanquísimos que viajan lentos por encima de las copas de los pinos. La casa va adquiriendo a estas horas un tono rojizo, como si ardiera, y todo es hermoso, la cabaña, el leñero, los enormes árboles que me rodean, el prado, los cuervos en la verja, el lobo mordisqueando inagotable un palo de sauce, el zumbido de insectos que esquivan mi oreja y se posan sobre las flores... Todo está en perfecto orden. Incluso dentro de la casa. Esta mañana he hecho limpieza, y yo mismo estoy recién aseado, con la barba bien recortada y la ropa limpia. Intento ver algo fuera de lugar, algo que estropee la perfección de esta estampa, no sé, tal vez restos de grasa de motor en mis uñas. Nada, quizá una rama seca por allí o mi camisa mal tendida en esa cuerda. Pero no, acaso esas «imperfecciones» le dan un plus de vida. Todo es de una belleza exultante en estos momentos. Tanto que duele. Y me pregunto por qué duele, y me respondo rápida y claramente: porque no la estoy compartiendo.

«La virtud no queda como huérfano abandonado; necesariamente debe tener vecinos».

Es una cita de Confucio con la que, al menos en este momento —no sé mañana—, estoy de acuerdo. Desearía, con todo mi ser, que ella estuviese aquí, que pudiera observar toda esta gracia que me rodea y disfrutarla, como yo, conmigo, para ella y para mí, que me viese, que conociera al Escolta y fuera capaz de valorar sus nuevas virtudes, oler estas flores que he cogido para ella; poder besar sus párpados cerrados al placer de la música, mostrarle todo lo que poseo ahora, el que soy ahora, porque yo lo miro, me miro, y sé que solo lo veo —me veo— en parte, con un ojo vivo y el otro vago; aprecio las cosas a medias, pues el gozo jamás será completo en soledad.

Bien, sí, lo sé: eso es algo que debo aceptar, y poco a poco he ido asumiendo la idea de una ausencia definitiva, pero me es imposible domeñar el deseo de tener aquí, en este bendito lugar que me ha curado, nuestro segundo paraíso.

Dicen que solo valoramos el paraíso cuando hemos sido expulsados de él. En mi caso no fue así. Yo viví y valoré en su justa medida cada segundo que pasé junto a ella. Sabía que esa mujer era mi Elíseo y también supe que estar ahí no tiene que ver con la plena felicidad, tal como suele pensar la gente, porque en ese paraíso, y en cualquiera, el temor a perderlo está siempre presente. Desde Adán y Eva sabemos, o deberíamos saber, que sin ciertas cotas de miedo no hay edén.

También dicen —se dicen tantas cosas— que solo se ama lo que se conoce. Tampoco es verdad. Yo apenas la conocía y ya la amaba intensamente.

Fueron cinco días maravillosos, y aunque flotase en todo momento la sombra de la duda, del futuro, no recuerdo haber sido más feliz en mi vida. Nos vimos todas las mañanas, todas las tardes, todas las noches; adoré cada una de sus miradas, de sus palabras, de sus sonrisas; cada milímetro de su piel se hizo sagrado para mí.

Y de repente, en aquel anochecer, después de una botella de champán y de una urgencia de amor en la playa, se abrió un abismo entre nosotros. Ella se incorporó, se colocó la ropa interior y sacudió la arena de su vestido. Has estado increíble, me dijo; me quedaría a pasar la noche contigo, pero debo irme. Yo sentí esa frase atravesándome el corazón como una espada de hielo. Me pregunté de dónde había salido esa distancia, así, de golpe, e intenté apuntalarme a mí mismo abrazándola, pero mis manos descubrieron una piel erizada en el envés de sus brazos. (Recuerdo que pensé en unas alas desplumadas). Ella me separó de su cuerpo y comenzó a andar. Cuando estuvimos a la altura de nuestras cabañas, me dijo: Tengo un pasado que no conoces y un destino sobre el que aún no sabes nada. Cuéntamelo, le supliqué, pero me cerró la boca con su índice y me pidió que no la buscase al día siguiente. Quédate quieto mientras te sea posible, volvió a decirme.

Mientras te sea posible. Ella ya sabía que no podría estarme quieto para siempre, nunca en nada que tuviera que ver con ella. Y ojalá hubiese podido hacerlo, me gustaría haber sido capaz de ver la escena de la llegada de su marido y su hija y no sentir que el corazón me estallaba de ira y de celos; irme de allí o buscar otra amante, sin más. En cambio, al oír el claxon de un coche, me incorporé de la cama de un salto, corrí hacia la ventana y pude observar a ese tipo bajando de su automóvil descapotado, y a su niña pequeña corriendo hacia ella, hacia mi Yo, que acababa de abrir la puerta de su cabaña y los recibía con júbilo. Él se inclinó sobre el asiento trasero del vehículo y sacó un ramo de flores rosas y blancas que le ofreció a mi mujer, y ella le respondió con una sonrisa y un beso en la boca. Podría haber tenido suficiente con eso, dejar de mirar, pero no pude; así que aún tuve que ver cómo una chica mestiza se llevaba a la niña hacia la playa, cómo después de un rato ese hombre salía a fumar al porche con solo una toalla atada a la cintura y volvía adentro de nuevo. Algo más tarde, también ella salió sola. Prendió un cigarrillo. Llevaba una especie de quimono negro y el pelo recogido. Tenía sus ojos puestos en mi ventana, todo el tiempo. La abrí para que pudiese verme. Fue un momento terrible. Habíamos dinamitado el puente y ahora nos mirábamos el uno al otro cada uno desde su propia orilla.

Tenemos el corazón dividido entre la belleza de lo intenso y la belleza de la durabilidad de las cosas. Sabemos que una excluye a la otra, pero nosotros no queremos prescindir de ninguna.

Habría estado bien dejarlo así. Era perfecto. Por qué más. Para qué más. Pues no, no era suficiente; yo lo quería todo, lo necesitaba todo. Y a pesar del intenso dolor, o precisamente por él, en ese momento intuí que mi vida estaría subordinada, ya para siempre, a su amor o su distancia, y que eso sería tan inestable, pero también tan infinito y eterno, como las mareas en la playa.

Enamorarse de alguien no es algo casual. El instinto, el deseo, siempre está marcado por el inconsciente, y el inconsciente son los traumas. Así pues, creo que el amor es siempre sucio, una emoción que nace ya manchada de la porquería vivida. Eso no significa nada. Lo puro no es mejor; ese concepto, disfrazado de romanticismo, es en realidad muy excluyente: tender siempre al blanco inmaculado, a lo infantil, a lo libre de pecado..., creer que las emociones que no podemos explicar son más puras y por tanto más verdaderas. No es así. Sucede, eso sí, que no deseas respuestas racionales, que intentas mantener ese sentimiento de amor lo más alejado posible de lo mundano, de lo sórdido, y darle un aura sobrenatural, apartado de todo lo que conoces para que no se manche de la mierda que conoces. Pero resulta que es producto de esa mierda vivida. Y que si está ahí es, precisamente, por eso; si te has rendido a esa emoción es por todo lo anterior. Y nada puede hacerse, pues no puedes volver a nacer y tener experiencias distintas que te procuren esta vez un amor más tranquilo, menos doliente, más limpio.

Yo tenía...

Oh, he pasado un rato fantástico con Marco. Interrumpí la escritura porque, al levantar la vista un instante, le vi en el porche, balanceándose en la mecedora. Böcklin estaba tumbado frente a él. Ni siquiera sé el tiempo que llevaba el crío ahí. Dejé todo y me dirigí a la casa. Le saludé, fui hacia el aparato de música y di la vuelta al disco de Beethoven. Comenzó a sonar a todo volumen, en un estruendo maravilloso, su *Oda a la Alegría*. Y yo no pude evitar ponerme a hacer el tonto, emulando con mi bolígrafo en la mano a un histriónico director de orquesta. Entonces el niño ha sonreído levemente, y se impulsaba cada vez con más ímpetu para hacer más grande el balanceo, más poderoso, más acorde con la potencia de la música. Y Böcklin saltaba a lamerle a él y luego a lamerme a mí, y todo ha sido una chaladura, un verdadero frenesí durante unos minutos mágicos. Solo cuando acabó el disco, me di cuenta de que ya era muy tarde y estaba oscureciendo rápido; así que decidí acompañar al crío hasta su casa. No ha sido algo sencillo. Marco se ha ido parando en seco cada cincuenta metros y me miraba de reojo, como si no entendiera qué hacía yo allí andando a su lado, hasta que por fin llegamos a su vivienda. Es la que está justo al terminar el camino que sube hasta aquí; la primera del pueblo, o la última, según se mire, y desde luego tuvo mejores tiempos. El crío entró en el pequeño jardín, muy descuidado, y se dirigió hacia la puerta, iluminada pobremente con la luz de una bombilla desnuda sobre el quicio. Me he despedido de él con un Hasta mañana.

La vuelta ha sido un agradable paseo nocturno bajo una media luna brillante. He ido despacio, fumando tranquilo, deslumbrándome con la incandescencia del cigarrillo en cada calada. He visto el brillo verde de algunas luciérnagas al borde del camino, y al final —así lo he sentido— la luz de mi hogar. Böcklin me esperaba inquieto.

Marco viene todos los días. A veces por la mañana, a veces por la tarde. Böcklin me avisa desde antes de que aparezca por el camino, y en cuanto llega al abeto, se lanza a buscarle para jugar con él. El lobato tiene ya tanta fuerza que normalmente le derriba sin miramientos, le trota por encima y los dos acaban rodando por el prado como dos púgiles de lucha libre.

Yo los contemplo desde el porche, esperando el momento en el que el crío se cansa —el lobo jamás lo hace— y se acerca a mí. Le doy chocolate con pan casero, o un vaso de cacao con galletas, y un cómic. Le he comprado varios en el pueblo y le sorprendo con uno de tarde en tarde. Él lo coge con sumo cuidado, pasa la primera hoja con delicadeza, pinzando con el índice y el pulgar justo el borde inferior, y luego se tira un montón de tiempo observando cada página. Fija sus ojos en las viñetas durante minutos eternos, y a veces me parece que sonríe un poco. Creo que no sabe leer, pero eso no le impide extasiarse con los dibujos e inventar él mismo sus propias historias. Me pregunto qué es lo que imagina, los diálogos que pasan por su cabeza. En cualquier caso, no creo que sean demasiado diferentes. Luego —a saber también qué es lo que marca el ritmo de sus tiempos— se levanta y se va, llevándose el cómic, sin despedidas, agradecimientos o promesas.

Es la hora de ver las estrellas. Lo hago cada noche; me pongo mi viejo jersey, me sirvo una copa y salgo a observar el cielo nocturno durante un buen rato. El calor de la tarde, retenido en la madera del porche, supone un verdadero regalo para las nalgas en esta tierra de montaña. Jamás he visto brillar los astros de la forma que lo hacen aquí. A veces voy más afuera, hacia la plena oscuridad, y me tumbo en medio del prado para contemplar mejor, por encima de mí, esa impresionante cúpula de luces titilantes cuyos nombres conozco, aunque aquí eso no importa; solo admiro el que es, para mí, el mayor espectáculo que un hombre puede presenciar, la única forma que hay —al menos en vida— de sentirse a un tiempo parte y centro del universo. Böcklin se tumba a mi lado y alguna vez se incorpora, alarga el pescuezo y aúlla sin motivo aparente.

El tiempo pasa lento y rápido a la vez. Es una sensación extraña que siempre ocurre en la época estival. Los días son largos y sin embargo, las horas se suceden de una manera vertiginosa mientras las tareas cotidianas dejan de importar y las domésticas se van quedando atrás. Cuando acaba la jornada tengo la sensación de que esta ha volado, pero si en ese momento recuerdo la primera hora de esa misma mañana, parece que hace un siglo que fue.

Hoy he ido a pescar con el viejo. Ayer vino a verme y estuvimos poniendo a punto la caña que había en el cobertizo. Estaba empeñado en traer él el almuerzo, pero no he podido permitir que subiera hasta aquí cargado, así que le dije que tenía cocinado un guiso de carne que no quería que se me estropease y una botella de vino especial para celebrar mi primera captura. Él se rio y yo no lo entendí en ese momento.

Hemos estado en el charco truchero que me enseñó aquel día. El viejo ha tomado posición unos treinta metros más abajo, dejándome (según él, pero no hay que fiarse de los pescadores) el mejor sitio para mí. Pues bien, Böcklin se ha metido en el agua espantando a los peces, yo me he resbalado con el limo de una roca y me he caído de culo al río, el hilo se me ha enredado cien veces, he perdido el cebo otras cuantas, me he clavado un anzuelo, y todo ello mientras el viejo sacaba dos preciosas truchas moteadas de colores. No, definitivamente no existe la suerte del principiante pescador.

Él ha llegado con sus dos trofeos, los ha abierto con su navaja y ha devuelto las tripas al río, para que se las coman los peces que pesquemos otro día, ha dicho.

Mañana pondré el consuelo de la humillación a la brasa con unas verduras.

Aquí todo el mundo caza o pesca, menos yo.

Böcklin ha cazado una nutria. Ha sido esta tarde, mientras Marco y yo nos secábamos después de un baño estupendo en el río, en la zona de la cascada. El crío llegó a mi casa después de comer. Yo estaba sesteando encima de una manta que había tendido sobre la hierba a la sombra de un pino cercano, pero hacía mucho calor y el zumbido de los insectos no me dejaba dormir. De pronto sentí una respiración cercana y al abrir los ojos me encontré el rostro del niño a un palmo de mi nariz. Con la sorpresa, levanté la testa y le golpeé en la frente. Entonces se dio la vuelta y comenzó su rápida marcha militar hacia el abeto. Como siempre, no atendió a mis llamadas ni a mis disculpas, pero hoy Böcklin no estaba dispuesto a dejar que su amigo se marchara. Se interponía continuamente en su camino, impidiéndole hacer su ruta habitual, y hasta llegó a saltar sobre él, empujando su pecho con las patas. Marco acabó parando en seco, se quedó rígido un momento y luego, como quien se rinde o de pronto no se acuerda de adónde iba, se desplomó de rodillas y se puso a jugar con él. Poco a poco, entre correrías, el lobo fue acercándolo hasta mi manta y acabaron los dos luchando encima de ella, y también de mí. El crío normalmente está sucio y huele raro; pero hoy, por la proximidad, y supongo que por el calor que está haciendo estos días, pude percibir que esa particularidad suya se había convertido en algo que rayaba lo indecente. Así que, sin pensármelo demasiado, he cogido merienda para los tres, un par de toallas, una pastilla de jabón, y con la ayuda del lobo me lo he llevado al charco de la cascada. Creo que conoce mucho mejor que yo toda esta zona, porque iba tranquilo, confiado, lanzándole el hueso trenzado a Böcklin, que lo recogía incansable a lo largo del paseo. Cuando hemos llegado, me he desnudado en la orilla y me he metido hasta la cintura, de golpe, en el agua helada. Böcklin se ha arrojado detrás y ha venido nadando hasta mí. Vamos, Marco, ven, le he animado desde dentro, y él, sin vacilar demasiado, se ha quitado también toda su ropa y se ha ido metiendo poco a poco, muy poco a poco, con los hombros y la barriga tan encogida que podía contarle las costillas. Si hubiese sido un niño vulgar y corriente, yo le habría salpicado y con seguridad la cosa habría terminado en una pelea acuática con aguadillas. Pero Marco no es un niño cualquiera. Es una persona sumamente frágil, y así lo anuncia ya su apariencia. Tiene la piel blanca hasta el extremo, como si jamás le hubiese tocado un solo rayo de sol en ese cuerpo flaco de coyunturas prominentes, y se sabe, nada más mirarlo, que hay que respetar su distancia y sus tiempos. Solo al lobo parece permitirle algunas familiaridades. Así que yo me limité a partir la pastilla de jabón contra una roca, ofrecerle un trozo y asearme yo con la esperanza de que él quisiera imitarme. Por suerte lo hizo, se lavó, no con demasiado esmero pero lo suficiente para dejar de oler de esa forma y descubrir que su pelo es más claro de lo que parecía. Para mi sorpresa, no tiene ningún reparo con el agua, así que supongo que él no es el culpable de su dejadez. Solo tiene ocho años.

Al rato he tenido la oportunidad de presenciar una escena inquietante pero salvajemente maravillosa. Böcklin intentaba

—todavía torpemente— abrir con sus fauces una pobre nutria a la que había dado muerte; los cuervos graznaban alrededor, saltando impacientes por conseguir sus pellizcos de la presa, y Marco lo contemplaba todo muy quieto, desnudo, con los ojos muy abiertos y una ligera sonrisa en los labios.

La Naturaleza no es cruel; al menos no es solo eso. Aceptar tal cosa es asumir nuestra crueldad y, por contraposición, para darle algún sentido, que nuestra bondad debe forzosamente existir, y no un poco, sino en cantidad semejante, lo bastante para que lleven luchando toda la vida sin que una acabe con la otra. No es más cruel que bondadosa o viceversa; es simplemente un proceso que crea y destruye, y nosotros no somos sino una excusa, un medio de transporte más para que la vida siga su curso. Pero aceptar eso es algo que ella misma nos ha puesto muy difícil. Y para qué planteárselo, es algo inútil, incapaz de consolarnos en el día a día. Solo se necesita, mientras se está aquí, saber dónde se encuentra uno, cuál es el sitio que ocupa y, si es posible, hacerlo de una manera digna.

Eso sí es posible. Porque no siempre sucede; no a todo el mundo se le concede la posibilidad, o la fuerza, o el carácter, o la determinación de ser digno. Yo, sin ir más lejos, simulé durante años una dignidad que había perdido al enamorarme, o acaso, como buen pelele, nunca tuve otra que la simulada. De esa forma, ya en aquellos días no me importó esperar lo que hizo falta hasta que la encontré sola y pude abordarla en la playa. Le pedí, con una falsa dignidad, que me explicara la situación; le dije, de la forma más fría que fui capaz, que era preciso para mí ser consciente de dónde me encontraba con respecto a ella, cuál era mi lugar en su vida y a qué podía tener derecho. Solo eso, solo eso, le dije con fingido orgullo. A lo que ella me contestó con una pregunta: ¿Quieres decir que no me amas?

Nadie pone un «No pasar» en los lugares sin salida. Y yo ya estaba metido hasta el fondo, de cabeza y sin espacio para dar la vuelta. De esa forma, mi fingida suficiencia se desarmó, y fui tolerando una relación antinatural en la que ella se negaba de manera continuada a darme explicaciones acerca de su vida o de sus sentimientos hacia él, su marido, o hacia mí, un paria que acabó convertido en su eterno amante. Compréndelo, decía, sería muy duro mentirte sabiendo que tú sabes que estás siendo engañado. Así que deja que no te diga nada. Hazlo por mí, por favor.

Y transigí. Y empezó aquella loca relación a distancia que me obligó a conformarme con sus cartas de amor y sus llamadas clandestinas a cualquier hora de la mañana o de la noche, hasta que por fin llegaban los días de permiso y podía coger mi coche y, con su sonrisa grabada en mi retina, conducía durante toda la madrugada.

Me recuerdo en aquellas habitaciones de hotel, mientras la esperaba, intentando calmar mi ansiedad reencarnándome en cada objeto que miraba. Sucesivamente. Solo tenía que mirarlos. Poner la vista sobre uno, introducirme en él, clavar los ojos en otra cosa y migrar, migrar, migrar hasta que aparecía ella y su cuerpo se convertía en algo más donde meterme; y entonces podía al fin viajar por sus arterias a oscuras, como su sangre, buscando un órgano cavernoso como destino, sentir su carne como un paraíso a punto de incendiarse, volverla infierno dentro de su desnudez luminosa, y después salir, respirar, con la nariz quemada por su esencia, mientras observaba a la mujer con resuello de loba, a la loba con jadeo humano. Una locura. Una hermosa y jodida locura.

Luego, mientras su sueño llenaba el cuarto, yo observaba la ciudad a través de la ventana e imaginaba, para no sentirme tan solo, que en cada punto de luz habitaban también otras personas dolientes, iguales a nosotros, que hacían lo mismo que nosotros, que ocultaban su pesar de la misma forma; detrás de los cuadrados negros había gente que dormía o que fornicaba; hombres dando a luz un orgasmo, mujeres con el amor hecho, o alguien que —como yo hacía— miraba hacia mi ventana pensando lo mismo que yo. A veces dibujaba en el vaho del cristal, cosas, casi siempre terribles, una esvástica, un ahorcado, un árbol con perfil de bomba atómica, y entonces regresaba a la cama, junto a ella, para deshacerme del miedo contando los besos que cabían en su sexo; medía su sexo en sistema métrico labial, unidades de labios. Ella se estremecía y yo intentaba llenarla de felicidad antes de que, de nuevo, solo pudiera colarme en su vida en forma de voz y letras.

Después de todo aquello, en ese despertar de patios interiores que es la vida real, no me quedaba otra que tender nuestras sábanas llenas de agujeros, decirle adiós, una y otra vez, y en cada despedida, sentir mi corazón al borde de la rotura definitiva. Pero no me rendía. A pesar de que ella seguía sin darme explicaciones, sin ofrecerme nada, no sé, alguna cosa que pudiera parecerse a una promesa, algo a lo que agarrarme, un atisbo de futuro..., a pesar de ello, digo, no me rendí.

Sin embargo, después de años de resistencia, cuando por fin me concedieron ese ansiado destino cercano que nos permitiría vernos de forma más frecuente, entonces... entonces se despertó en mí, aún más, un sentimiento de pertenencia absoluta. Era mía. No había llegado hasta allí para que todo siguiera igual. Y cuando mi amor, el deseo hecho materia, me miraba a los ojos desde la almohada, yo intentaba seguir dándole lo mejor de mí, no reclamarle nada a ella, que solo merecía virtudes. Ella viajaba airosa por la vida, y hacía el amor de la misma forma, como deslizándose por una cinta de Moebius; aceleraba sus huesos por puro placer, sin destino ni meta alguna. Puedo darte luz —me susurraba en sus juegos—, ser tu lámpara maravillosa; frótate conmigo, haz salir al genio del deseo, y entonces... pídele los tuyos. Fui incapaz de pedir nada que no fuera todo. No pedí nada, porque yo solo quería uno: que me amase, a mí y solo a mí, que me lo dijese, que me lavase el cerebro si era necesario, porque nunca me daba certezas y la duda me ofendía hasta la locura. Quería eso y lo quería ya. Yo no soy de los que entienden el mundo en términos de herencia, de semilla, de legados... No quería dejar mis sentimientos a una civilización eterna; quería amarla plenamente mientras pudiese, hacerle el amor con mi carne cada noche mientras fuera capaz de mantenerla en erección.

Siempre he pensado que hay un tipo de paciencia que no supone ninguna virtud, sino que es un arma perfecta para las personas ladinas. Empecé a sospechar que ella era una de esas personas e incluso la imaginaba riéndose de mí. A los dos; a su marido también. Comencé a perder la cordura, a impacientarme, a ver nuestro idilio como un absurdo, algo que no iría nunca a ninguna parte. Y eso dio lugar a una nueva relación viciada que desembocaba, una y otra vez, en discusiones acaloradas, portazos, insultos y semanas de silencio.

¿Cómo puedes decirme que me quieres?, le reprochaba insistente. No te acuestes con él, le pedía cada noche por teléfono. ¿Sabes cómo llaman a las mujeres como tú?, le gritaba cuando no respondía a mis preguntas. Perdóname, le suplicaba después. Esto no es amor, contestaba ella, lo vería hasta un ciego. Está bien, le decía, no es amor. Lo que quieras. Pero déjame estar. Quédate conmigo. No te vayas. Repíteme todos los días que no me amas.

Y todo volvía a empezar con una fuerza irresistible, hasta la siguiente crisis. Y después, otra vez. Y luego una más, jurando que sería la última. Mi amor por ella era tan poderoso como a veces mis deseos de matarla. Porque la muerte es descanso. La muerte de lo amado también. Es el descanso del guardián, el adiós a la incertidumbre, la distensión de su alerta. Para no pensar que soy un monstruo, quien dice muerte dice desaparición, separación. Los dos sabíamos que era eso lo que debíamos hacer. Vivíamos de los armisticios, de los tiempos de cese de hostilidades; y cuando no, nadábamos en un légamo de desechos, intentando una partida decente, procurando siempre una digna retirada que nunca lograba ser definitiva. Porque mi vida se quedó encallada en alguna parte de la suya y ocurrió —ocurre aún— que no he sufrido la pérdida de la magia, que ella no se ha vuelto banal como resulta un pecio en tierra firme. Debí haberme retirado a tiempo, haber dejado todo allí, en aquella ciudad de vacaciones, y volver a mis relaciones triviales. Ya no era posible; en realidad no fue posible en ningún momento. Mi vida emulsionaba con cada carta que recibía, con sus llamadas, con nuestros planes; mi piel y todo mi mundo se erizaba con su voz, toda ella se miniaba en mi cabeza, en mi sexo; era su luz todo lo que relucía cuando estaba y, Dios..., ¡cómo brillaba por su ausencia!

Yo sabía que debíamos dejarnos, pero también era consciente de que si lográbamos hacerlo, solo seríamos dos mentes que añorarían por separado las mismas imágenes eternas habitando distintas memorias, así sin respirar, sin amar la vida si no era con el otro, luchando contra el tiempo para olvidar y más tarde para no hacerlo, y todo para acabar al fin entendiendo —como he acabado por entender, aquí y ahora— que su nombre estará ya, por siempre, dentro de mi historia enfermiza.

Basta. Ha estado usted excesivo, señor Escolta. Tal vez esté confiando demasiado en su nueva fe. Es tarde y ha bebido. Será mejor que deje esto por hoy, antes de que se le vaya de las manos.

Hace muchos días que no escribo. La última vez quedé extenuado. Aunque esta especie de diario está siendo terapéutico y voy dejando aquí las cosas que me hieren, lo que me amarga, lo que nunca he confesado a nadie..., aunque sea una cura, no hay por qué tener prisa; tal vez siga rellenando cuadernos hasta el fin de mis días, y hasta es posible, quién sabe, que esos días sean muchos, al menos más de los que imaginaba al llegar aquí.

He pasado una semana muy hermosa en compañía del lobo, a veces también del viejo y a ratos del pequeño Marco. Pero hoy hace ya dos días que no veo al crío. La otra noche tuvimos un percance con su abuela y me temo que está castigado. Y todo por su afán de coger cosas ajenas. Bueno, en realidad la propiedad de esas cosas es algo que no me atrevería a cuestionar. Me he ido acostumbrando a que se lleve cualquier tipo de objeto que le ofrezca y él pueda agarrar con sus manos. Ya he comprado varias cajas de lápices de colores, tres blocs de dibujo, y me estoy quedando sin vasos y sin servilletas. Cada vez que le preparo un cacao, me despido de la taza, y cuando vamos al charco le digo adiós a una de mis toallas. Mañana mismo tendré que comprar más. No creo que pueda encontrar este tipo de artículos en el pueblo, pero cuento con la posibilidad de encargárselo a Olivia, la dueña de la tienda de comestibles, que a pesar de mis prevenciones en el pasado, ha sido siempre mucho más amable de lo que yo merecía. Fue el viejo el que me convenció para que me dejase de lo que él llamó vergüenza y le encargara algunas cosas que, me aseguró, ella podía traerme o hacer que me trajesen de fuera sin suponerle molestia alguna. Además le cae usted bien, me dijo. Me sorprendió ese comentario, pues lo cierto es que no entiendo por qué. Y como no entiendo la razón, se ha despertado en mí cierta curiosidad por saber el motivo, y debo reconocer que esta mujer posee ahora un misterio que no tenía, y su trato, un valor que nunca le había dado antes.

En fin, a lo que iba, que en lo que va de mes ya le he hecho dos encargos: una de esas bolsas de chucherías variadas para niños, con gomas ácidas, chicles que tiñen la lengua, nubecitas de azúcar..., esas golosinas sofisticadas de la ciudad, y una caja, la más grande que encontrase, de acuarelas. Esto último lo recibí ayer y lo tengo aquí, esperando su vuelta. Porque espero que vuelva. No sé, con ese crío nunca se sabe; pero si no aparece tendré que intentar de alguna forma que lo haga. Ya me he acostumbrado a su visita diaria y le estoy echando mucho de menos. Además, estoy preocupado por él. Se nota que su abuela no está bien de la cabeza, y aunque el viejo me ha dicho que una vecina está bastante pendiente de ellos, me inquieta no saber las condiciones en las que se encuentra. Y por otra parte, me siento culpable. Qué me importaba a mí esa vieja motocicleta.

Cuando llegó Marco aquel día, yo la tenía aparcada frente a la casa, porque había bajado con ella hasta el estanco a comprar tabaco. No tiene mucha potencia, pero funciona y me hace bien, de vez en cuando, sentir el viento cálido en el rostro. El crío la observaba con mucho interés y, después de merendar, se levantó y no hacía otra cosa que dar vueltas alrededor de ella. Ni siquiera el lobato conseguía que desviase su atención. Así que encerré al pobre Böcklin en casa, me monté en la moto, la arranqué y me deslicé hacia atrás en el asiento para hacerle un sitio. Le indiqué que se acercara y se sentara delante de mí. Dejé que se acomodara. Con unos toques sobre el manillar le señalé dónde debía poner las manos, al lado de las mías, y con otro golpecito de mis zapatos comprendió cómo colocar sus pies. No le gusta el contacto físico e intento respetar eso al máximo. Y así nos fuimos a dar una vuelta por los caminos hasta que llegamos al río ancho y caudaloso de la hondonada del valle. Recorrimos las veredas entre los frondosos prados de la ribera, los perros nos ladraron con fiereza al paso por las granjas de ovejas, nos paramos un momento a ver las máquinas cosechadoras en los campos de cultivo y a observar cómo un muchacho recogía un retel lleno de cangrejos de agua dulce. Cuando empezaba a caer la tarde, decidí llevarle a su casa, y entonces, al llegar a la verja del jardín, Marco agarró la motocicleta con intención de meterla dentro. Yo la sujeté y le dije riendo: No, Marco, esto no puede ser. Pero él, haciéndome caso omiso, tiraba con fuerza del manillar hacia el interior. Entonces salió su abuela por la puerta y se acercó rauda y malencarada. Deja eso, le gritó. Quién es usted, me gritó a mí. Le pegó de seguido tres o cuatro manotazos fuertes en los dedos del niño, que acabó soltando los puños de la moto, y se lo llevó a tirones hacia la casa. Desconcertado, solo atiné a decir un Basta, señora, déjelo, al que ella replicó con un Usted a sus cosas.

Cuando se cerró aquella puerta me quedé un momento allí parado, perplejo, sin saber cómo actuar. Estaba aturdido y sentía una extraña mezcla de rabia y vergüenza. Qué mierda me importaba a mí ese motociclo. Cuando reaccioné, abrí la cancela, y se lo dejé allí dentro, aparcado al lado del murete.

Quiero que vuelva. Hoy ya no será, es demasiado tarde. Si no lo ha hecho por la mañana, me acercaré a su casa. Tengo que darle la caja de acuarelas.

No, no es eso. Es simplemente que es ridículo no hacerlo. Ya es absurdo seguir con el escudo en alto. Cuando me instalé aquí, estaba resentido con toda la Humanidad, y sin darme cuenta, he acabado reconciliándome con las personas, asumiendo mi necesidad de ellas.

Vine para estar solo, y me sentí muy solo. En realidad, me sentí como un liberto temeroso, que se da cuenta de su dependencia una vez libre. Sin embargo, en la máxima soledad dejé de sentirme así. He comprendido que el mayor vacío de un hombre es la incapacidad de huir de sí mismo, y que solo se puede escapar de uno a través de los demás; de otros seres, de otras cosas, de la fe. He encontrado a Dios en un viejo, en un lobo, en un niño, en mí. Sobre todo en mí, en mi persona con viejo, lobo, niño, bosque y arroyo, búho, estrellas, nieve y lluvia, viento y niebla, fuego, frío, fiebre, sueños y pesadillas, el olor del pan, el sonido del vino al caer en la copa, una trucha asada, Mozart y Darwin, los cuervos, llanto y carcajada, conciencia, arrepentimiento, esperanza y desprecio, un arma en la Biblia, mis pesados recuerdos y vivencias ligeras... Él está en mí con todo eso, porque todo eso y yo somos lo mismo, y cualquier otra cosa es una idea infantilizada de Dios, la noción de un ser supremo que solo toma forma y crece con nuestro miedo. Yo lo he encontrado; me he encontrado. Ahora sé quién es, quién soy. Por eso ahora sé dar. Ahora sé recibir. He aprendido a dar de otra forma: sin esperar. He aprendido a recibir de una manera nueva: sin tener que dar. He aprendido que el equilibrio en esa balanza no es necesario. No es necesario más equilibrio que el interior; la armonía de dejar esa motocicleta en manos de quien le importa de verdad, de aceptar sin remilgos el hecho de que extraño a Marco y de permitirme la idea de, si no aparece, ir a buscarlo.

Marco no vino tampoco por la mañana. Aguanté hasta media tarde con la esperanza de verlo aparecer, pero nada. Así que bajé hasta su casa.

Observé la entrada, miré en el jardín. Allí estaba la motocicleta, tal como yo la había dejado. No me atrevía a llamar. Se me ocurrió entonces pedirle al viejo que me acompañara; él cae bien a todo el mundo y seguro que tiene buena relación con esta señora medio loca. Pero Coche no estaba en su casa. Olivia era la siguiente opción, la única persona más a quien podía recurrir. Me armé de valor y me presenté en su establecimiento para pedirle que me acompañara a saber del crío, porque estaba preocupado. Ella dejó todo inmediatamente. Cerró la tienda y nos acercamos a la vivienda de Marco. Yo la esperé fuera. Al rato salió y me explicó que el niño estaba en el hospital psiquiátrico de la ciudad, que había tenido un episodio (así lo llamó) y que no era la primera vez que ocurría. Por alguna razón, de vez en cuando comienza a lanzarlo todo por la ventana y luego se lía a patadas con los muebles durante horas. Entonces la abuela llama a Urgencias y se lo llevan dos o tres días. No sufra, me consoló Olivia, seguramente mañana esté aquí, y suele volver bastante mejorado, más limpio y menos huraño. Me lo dijo con un tono muy dulce, pero en sus ojos había tristeza. Resulta que si los miras fijamente, esos ojos claros opacos también traslucen cosas.

Quise invitarla a un café, qué menos, pero me dijo que tenía que volver a abrir el supermercado y que, si quería, podíamos hacerlo en cualquier otra ocasión. Así será, le respondí. Y además, creo que estaré encantado de hacerlo. Me gustará hablar con ella, saber más de ella, mirarla de nuevo a los ojos a ver qué veo esta vez.

Un día más. Aún no ha vuelto el niño, y yo tengo una extraña sensación de angustia. A pesar del comentario tranquilizador de Olivia, no dejo de pensar en él, en ese ser tan delicado, tan indefenso, tan sumamente frágil, en un entorno que yo, por desgracia, conozco bien. Aunque la justicia militar ni siquiera llegó a acusarme de agresión, según el informe, mi estado mental era tan claramente desequilibrado que se decidía mi ingreso en un sanatorio durante un tiempo estimado de no menos de un año.

Los primeros meses están vacíos. No recuerdo nada de aquellos días. A quién vi, con quién hablé, cómo pasaba mis horas... Seguramente no puedo acordarme porque yo no estaba aquí, en mi cabeza. No ha quedado nada registrado, ni un sonido, ni una imagen que surja como un flash, nada. Es curioso pensar que sentí cosas que se han perdido para siempre. O tal vez ocurra como con los sueños: los sueños se van, pero en realidad creo que se quedan amarrados a la memoria. La impresión de «esto ya lo he vivido» quizá es eso: no lo hemos vivido, lo hemos soñado. Y supongo que puede suceder lo mismo con las horas de aquel tiempo; habrá momentos en los que volverán ciertas sensaciones y me preguntaré por qué siento esto o lo otro si parece no tener relación con el presente, y no tendré explicación para ello, excepto esta. Espero que sea lo que le ocurra a Marco, que mañana no pueda acordarse de estos días, que no llegue a tener ni unas horas de conciencia allí dentro para que luego no confunda el brillo del sol con grandes luminarias, para que nunca sueñe que está atado, no recuerde ese olor a orín y lejía, ni al levantarse por la noche se encuentre jamás —como me pasaba a mí— gritos y jadeos colgando en el pasillo de su casa.

Me pregunto ahora cómo pude llegar a ese estado. Quería matarlo. Era plenamente consciente de mi instinto. Por eso temía la locura, y ese miedo a perder la razón alimentaba aún más mi demencia. Y es que ya la tenía a ella, a Yo; la estaba rozando con las puntas de los dedos cuando todo se torció. Comenzó con aquella crisis que nos mantuvo seis meses incomunicados. Esa vez la cosa había llegado demasiado lejos. Estaba trastornado por los celos. Empecé a preguntarle abiertamente cómo lo hacía con su marido, cuándo y de qué forma, e incluso me llegó a excitar imaginarlos en la cama. La ira y el sexo están demasiado próximos y llegó un momento en el que se confundían; el cerebro me protegía del dolor ofreciéndome placer, un placer aberrante y enfermizo que solo podía acabar estallando. Y cuando lo hizo, nos dejamos con el firme propósito de terminar con todo y no seguir haciéndonos daño. Así que nos pusimos manos a la obra empeñados en continuar con nuestras vidas, recomponerlas, volver al origen, a lo que teníamos antes de haber conocido el paraíso. Fue inútil. Es inútil empezar de cero después de cualquier experiencia, mucho menos de una así, tan intensa, pero esa fue la absurda empresa a la que nos dedicamos todo ese tiempo. Yo empecé de nuevo a salir por ahí, a frecuentar antros, a jugar, a beber demasiado, a seducir mujeres. A alguna incluso la llevé hasta la cama y, una vez allí, no pude hacer otra cosa que fingir estar demasiado borracho para hacer nada con ella. Lo cierto es que eso ocurrió más de una vez y con más de una mujer.

No sé, puede que hasta corran rumores acerca de mi impotencia. Qué más da. Me daba lo mismo entonces y me importa un rábano ahora. Solo ansiaba, cada minuto del día, una llamada, una carta, lo que fuese para, en media hora escasa, plantarme en su ciudad, en cualquier hotel, a esperarla como siempre sin importarme nada.

Cuando eso ocurrió, los dos estábamos locos de amor, de ganas, tan llenos de lo que habíamos retenido que necesitábamos liberarlo. Yo estaba dispuesto a que hiciese conmigo lo que quisiera con tal de tenerla, y ella... ella me sorprendió con un paso de gigante. Me dijo que me amaba, que comprendía que había sido muy egoísta todos esos años, pero que no quería perderme. Me prometió que no volvería a acostarse con su marido, y aseguró que ya solo era cuestión de tiempo que acabásemos juntos. Me pidió algo de paciencia. Yo le compré un anillo, muy discreto, de oro blanco con un pequeño diamante, y nos casamos. Fue una ceremonia íntima y privada frente al mar, en una playa salvaje en la que yo había alquilado una preciosa cabaña para nuestra luna de miel.

Después, cuando su marido volvió, ella regresó con él y todo siguió igual durante más de un año, con nuestros encuentros furtivos, mis cartas con el nombre de su amiga imaginaria como remitente, y siempre alerta a sus llamadas, que podían tener lugar a cualquier hora. Su hija ya era una mujercita, se suponía que no tenía relaciones con su marido...; yo no entendía a qué estaba esperando, pero sentía que la tenía ahí, ahí, ahí, tan cerca ya, tan casi exclusivamente mía ya... Hasta aquella fatídica noche en la que sonó el teléfono tarde, bastante tarde, y era ella, llorando, diciéndome entre gemidos que estaba embarazada.

Lo que sentí en aquel momento no creo que pueda explicarse con palabras.

Solo diré que fue como si me pegasen un golpe directo al diafragma. No podía articular frase alguna. La sorpresa y la emoción me habían dejado noqueado. Quería decirle que dejase de llorar, que no pasaba nada, que todo saldría bien y que acababa de hacerme el hombre más feliz del universo. Que eso solo adelantaba las cosas, que le haríamos frente los dos juntos y que íbamos a ser una familia muy dichosa, porque yo haría que fuese así aunque tuviese que matar o morir para lograr lo que ella llamó aquella vez «una casa que sonríe», un hogar. Quise gritarle todo aquello, pero solo pude reaccionar cuando la oí recomponerse a través del teléfono y dejar de llorar para decirme: No te preocupes. Tal vez ni sea tuyo. Y además, voy a abortar.

Entonces arranqué por fin y, muerto de miedo, le supliqué que me escuchara, que yo sabía que era mío y que lo quería, lo quería con toda mi alma, que se calmara y que en cuanto amaneciese estaría a su lado para solucionar las cosas y comenzar al fin una vida juntos, una de verdad, la historia de amor que nos merecíamos vivir.

No sirvió de nada. Pasé aquella noche en vela, aterrorizado, pensando en ella, en si se encontraría bien, en cómo se lo tomaría su marido, de qué forma querría hacerlo, si le diría lo del embarazo o simplemente le abandonaría sin muchas explicaciones, dónde nos instalaríamos, cuándo podríamos casarnos de verdad, en nuestro hijo, si sería niño o niña, qué nombre íbamos a elegir..., ¡a qué colegio le llevaríamos! Dios mío..., cómo iba a poder dormir con aquel bendito entusiasmo, con ese maldito temor. De repente, aún tenía todo por delante. Todavía podía tenerlo todo. Iba a tenerlo todo justo hasta el momento en el que la telefoneé por la mañana y contestó la criada, aquella chica mestiza que ya tenía una voz madura. Tuve un mal presentimiento porque era mi mujer la que siempre cogía el aparato, y cuando me dijo que los señores habían salido temprano de viaje y que no volverían hasta el día siguiente, lo supe. Supe a qué habían salido y en qué tipo de «hotel» se hospedarían esa noche.

Me aposté con mi automóvil frente a su casa. No comí, no dormí, no hice otra cosa que esperar dentro del vehículo, fumando sin parar y bebiendo tragos a morro de una botella de whisky. Quería verlos aparecer. Verlos. Y que ella me viese. Que me viesen los dos. Reconocí ese bullir del cerebro, ese calor de mi alma en llamas. Me acordé de dónde lo había sentido antes y de cuáles habían sido las consecuencias; pero eso no me echó para atrás; al contrario, me prometí no ser esa vez el pelele de siempre; en esa ocasión, pasara lo que pasase, la culpa sería mía realmente y no de la mala suerte o de la decisión equivocada de unos niñatos que se lanzan a atravesar un lago. Y con todo ese veneno en mi cabeza los vi llegar en su flamante coche, que se detuvo al otro lado de la calle. Era ya de noche y, con los faros apagados, ella no reconoció mi automóvil. Su marido salió, abrió la puerta de atrás y sacó un pequeño bolso de viaje y el abrigo de mi mujer. Rodeó el vehículo, le abrió la puerta a ella y cuando asomó le colocó el abrigo sobre los hombros. No pude soportarlo. Saqué la pistola de la guantera y, con ella en la mano, salí del coche cerrando de un portazo. Los dos miraron sorprendidos hacia el origen de aquel ruido: un hombre desastrado, con el pelo revuelto, la camisa por fuera, medio borracho y empuñando un arma. Le apunté directamente a él y me dirigí a ella. Métete en mi coche, le ordené. Métete en el coche o lo mato. No, le dijo su marido, extrañamente calmado. No te muevas, Yo. Deja que me mate. Por favor, no lo hagas, me suplicaba ella; haré lo que quieras, pero por favor no le hagas daño. Por favor, te lo pido, repetía, desencajada; no le hagas daño, por favor. Iré contigo, pero deja de apuntarle, por favor. Y cada ruego suponía un corte en mi corazón, cada propuesta de poner su vida en mis manos con tal de protegerle, cada gesto de sacrificio por él era un tajo en mi pecho, porque en esos momentos fui consciente de que ella lo amaba de verdad, mi mujer estaba con ese hombre porque lo amaba tanto como yo a ella.

Entonces comprendí por qué un buen líder siempre vence en la lucha pero jamás acaba con su rival. Si le mataba, ella nunca podría volver a estar conmigo sin odiarme. Y su amante esposo también lo sabía; por eso tampoco acabó con su rival, conmigo. Su rango era suficiente para haber terminado con todo de una vez; podría haber conseguido para mí, sin gran esfuerzo, una buena condena de cárcel, un confinamiento o un destino militar en algún infierno en guerra. Pero no lo hizo. Sabía que ello supondría caer en desgracia ante su esposa.

Allí no había nadie para cometer un crimen. Y mi amor volvió a ser solo un pensamiento encajonado circulando por una vía angosta.

El sanatorio no curó mi mal. De poco sirvieron las drogas de los primeros meses en aquel infierno de locos, ni los tratamientos y terapias después en la Unidad Residencial a la que me trasladaron. No fue tan difícil dejar pasar el tiempo en ese segundo lugar, paseando por los jardines, leyendo y conversando con tarados; pero en cuanto salí por la puerta volví a sentirme como si no hubiera transcurrido un solo día desde aquella noche. No recordaba cómo era antes, ni si en realidad alguna vez en mi existencia me había sentido de otra forma que no fuese la de ser un pobre diablo. Me parecía que siempre había vivido con el corazón destrozado. Y tenía una inmensa rabia por ello. No era resentimiento: era necesidad de justicia. No solo es que se me hubiese roto el corazón, se me había roto toda posibilidad de futuro. Me pasaba el día intentando no nombrarla, no oler sus cosas, no hacer nada que me devolviese a las tinieblas. Trataba de ahuyentar el recuerdo de su voz pidiéndome, la visión de su piel en la penumbra, el roce de sus labios en mi vientre, de su pecho en mi mano. Procuraba no prender de nuevo esa llama. Arrumbé sus cosas, descarté su vida, la desprecié, la repudié, quería arrojarla a un rabión que fluyese enérgico, como mi furia, y luego se calmase. Pero la locura tiene nombres que no salen en los libros.

Tenía que volver a verla. Y eso hice. La vi. De lejos. Del brazo de su esposo. Sonriente. Él. Ella también. Bromeaban por algo. Entraron en un restaurante en el que otra pareja los esperaba sentados en una mesa junto a un gran ventanal. Pude observarlos allí un par de minutos. Vi a mi mujer conversando animadamente con sus amigos. Estaba hermosa y feliz. Y brillaba. Seguía brillando como la estrella de la que procedía. Intenté en vano vislumbrar si aún llevaba puesto mi anillo. Qué tontería, me dije. Y en ese momento la odié profundamente; me fui de aquel lugar y durante días volvió a levantarse una rabia de fuego que lo arrasó todo. Luego pasó, y entonces... entonces fue como acariciar a un animal muerto. Una vez, y otra. Y otra. Hasta que el cansancio venció a la pena. Porque los vivos se cansan, y se aburren, y por eso acaban yéndose. Por eso acaban siempre viviendo.

Es media tarde. Marco se balancea, incansable, en el columpio que he colgado de la rama del pino centenario. Lo hice con un viejo neumático que encontré en el cobertizo. Lo lavé bien, busqué una soga gruesa y lo até con un nudo fuerte y seguro. Al día siguiente tuve que hacerle unas mejoras a instancias del viejo, que me advirtió de que si no agujereaba la parte de abajo, no drenaría el agua de la lluvia. Previsión. Previsión y experiencia. Esas son dos cosas importantes en la vida. Para cualquier empresa que te propongas. Pero es imposible conseguir lo primero sin lo segundo. Yo no tengo ningún tipo de experiencia con críos, así que con Marco actúo por intuición. Tampoco sabía cómo sacar adelante a un cachorro de lobo y ahí está Böcklin, creciendo fuerte y hermoso, saltando a morder las zapatillas del niño en cada impulso que se da sobre el columpio.

Ayer me acerqué hasta la tienda de Olivia para invitarla al café prometido cuando terminase la jornada, si es que le venía bien. Le dije que la estaría esperando en el bar, pero luego, a pesar de que no está lejos de allí, me pareció descortés no acompañarla; así que me quedé fuera, paseando de aquí para allá, matando el tiempo hasta que la vi salir y cerrar la puerta de su negocio. Me miró sorprendida y sonrió, pero no dijo nada. Me gustó que no dijera nada. Fue un alivio no tener que dar explicaciones acerca de mi cambio de opinión.

Yo pedí cerveza y ella un vino rosado pálido, como sus mejillas, como las rodillas de Marco, y sentados uno frente al otro, hablamos de muchas cosas, sobre todo e inesperadamente acerca de mí. Supongo que es cierto lo del lobo, dijo. Y le conté, con absoluta confianza cuándo había llegado Böcklin a mi vida, de qué manera lo había cuidado y, como un padre orgulloso, le hablé de las monerías que hace y lo guapo y lo listo que es. Tiene usted un acento muy extraño, dijo también. Y entonces le expliqué de dónde provenía, todos los lugares de los que he sido un ciudadano eventual —poblados y ciudades que yo apreciaba tan poco como ellos a mí— y le dije lo a gusto que me encuentro en esta tierra, tan alejada de mi país de origen. Es la primera vez en mi vida que siento una casa como un hogar, le confesé, así, de esa forma tan sincera que me pareció haber soltado una sensiblería y me avergoncé. Solo en ese momento fui consciente de cuánto había llegado a relajarme en la conversación y del tiempo que hacía que no me abría a nadie de ese modo. Para restablecer la comodidad, saqué enseguida el papel que llevaba doblado en el bolsillo y le pedí por favor si era tan amable de dárselo a Marco cuando le viese. Lo desplegué para enseñárselo y le aclaré que aquel dibujo, garabateado por mí, representaba mi casa, el viejo pino y un columpio que había hecho para el crío. Sé que lo entenderá, y espero que sea suficiente para hacerlo volver. Seguro que sí, dijo Olivia. Y vi de nuevo algo en sus ojos claros, pero no sabría decir exactamente qué es.

Olivia tenía razón y Marco se ha presentado aquí esta tarde como si nada, como si yo no hubiese pasado toda una semana, con sus mañanas y sus tardes, preocupado por él, sintiéndome culpable, echándolo de menos. Me pregunto a qué tanta molestia. Por qué esa idea de querer, de que nos quieran a toda costa. Llegué aquí pensando que no era necesario ni lo uno ni lo otro. El deseo de que no lo fuera hizo que me convenciera de ello. Nos pasamos la vida empeñados en caer bien para hacer amigos, pensaba, en seducir mujeres a las que enamorar, vendemos nuestra alma y nuestra dignidad por amor, y todo para asegurarnos de que haya siempre alguien que no nos hará daño (qué miedo nos da el prójimo, qué desconfianza tan justificada, consideraba yo), o alguna persona que no nos dejará morir solos. ¿Tan terrible es morir solo?, me cuestionaba. Y me respondía que no, que no podía ser tan tremendamente espantoso como se pintaba, porque, a fin de cuentas, todo eso no era más que producto del egoísmo y del miedo. Si conseguía liberarme de esas dos rémoras, un poco, lo suficiente, no sería algo tan duro, no había por qué hacer una tragedia de una cosa así. Después de todo, pensaba, Sartre tiene razón: el infierno son los otros.

Pues bien, querido Jean-Paul, resulta que no; resulta que es mucho peor el infierno de que no haya nadie que te mire. Te condena a un vacío tan próximo a no existir que lo único que te queda es una escasa consciencia para desear la muerte.

Fíjate en Marco. Él no me mira a la cara más de un segundo, pero sé que me ve, que advierte mi presencia y que soy importante para él. Y él lo es para mí. Míralo, libre por fin, jugando, sintiendo el viento en su cara. También estabas equivocado en eso. No es ninguna condena ser libre. Sí, nos angustia tener que elegir, pero es peor no poder hacerlo. Tal vez si nada me hubiera sometido excepto la mirada del otro, si nunca me hubiese sentido el pelele de alguien, de muchos a lo largo de mi vida, pensaría más en la angustia que en el miedo, más en la zozobra de la toma de decisiones que en la indefensión que supone estar a merced de las de los demás.

Por fin he dejado de verme como un monigote. Ya no siento que sea ningún pelele, ni siquiera de Dios o del azar. Yo elegí hacer lo que hice y no otra cosa distinta. Fui libre para tomar un camino y no el de al lado. Asumo mi culpa. Hasta ahora solo la he sufrido. Hoy por fin la reconozco como propia de verdad, sin descargarla en el destino. Ya no me despersonalizo para verme como una figura de la maqueta de nadie. Puedo quedarme o irme, y también ser capaz de reconocer mis contradicciones.

Todo lo que no está encerrado corre peligro. Marco, Böcklin, yo mismo. Pero únicamente en libertad puedes elegir morir solo o, como ese pajarillo ha hecho esta tarde, venir a morir a la puerta de mi casa.

Hoy he sabido de mis padres. En la oficina de mi Sección aún me siguen debiendo muchos favores, así que no ha sido difícil obtener enseguida información sobre su paradero. No había querido saberlo hasta ahora. El resentimiento no era tan grande como la falta de interés. Realmente no me importaba porque conocer ese dato era mera curiosidad, no iba a modificar mi futuro ni yo quería que lo hiciese, pues si en algo lo podía cambiar, probablemente fuera para mal.

El caso es que, de pronto, sentí la necesidad de averiguarlo. Y todo por el vacío que se produjo en la conversación con el viejo y con Olivia.

Me apetecía mucho volver a verla. La conversación con ella es fluida, sencilla, sincera, y noto que me hace mucho bien. Provoca en mí una rara sensación entre la calma y la excitación. Con el abuelo no es lo mismo. Por eso, él era el primer sorprendido con mis respuestas a las preguntas de Olivia, preguntas espontáneas que surgen entre personas que se están conociendo, como si estoy casado, tengo hijos, o si mis padres aún viven. Ella enviudó muy joven, no tuvo tiempo de ser madre, y su padre sigue viviendo, ya solo, en la casa en la que nació. Sus respuestas son claras, seguras. La mías, confusas, vacilantes. Me doy cuenta de que quiero saber de ella y, lo que más me desconcierta, que quiero que sepa de mí.

Necesito que sepa de mí, que me conozca. Y para eso es preciso que me defina y que yo mismo me informe de algunas cosas.

Habíamos estado comiendo en el merendero. El sábado bajé al pueblo y el viejo me dijo que le acababan de regalar un par de conejos de la zona, tiernos y sabrosos, y me ofreció uno para que me lo trajera. Así que aproveché la ocasión y le propuse un buen plan para el domingo e invitar a Olivia, si le parecía bien.

Prendí la leña seca con algunas páginas de Sartre y pusimos sobre las brasas los conejos macerados y abiertos en canal. Yo quise hacer pan reciente para la ocasión y Olivia trajo la exquisita tarta de arroz, típica de la zona, decorada con mermelada de fresa. Böcklin también tuvo su parte, y Marco apareció a la hora del postre. Olivia le dio un plato con un buen pedazo de tarta y un tenedor que, por supuesto, se acabó llevando. Tomamos café y un vaso de licor en el merendero. La sombra allí es bastante tupida a esas horas y corre la brisa. La conversación, estimulada por el alcohol, fluía relajada con las cigarras de fondo. Y entonces lo decidí: llamaría al Departamento al día siguiente.

Bien, ahora ya lo sé, y es posible que algún día me atreva a responder a las preguntas de Olivia de forma rotunda y precisa; a contarle que, por lo visto, mi padre no pudo ignorar su educación como hombre de palabra y, finalmente, cumplió con la que dio un día en la iglesia. Culpable de la cirrosis de mi madre, decidió volver con ella para cuidarla. Parece ser que ambos creían que su hijo menor había muerto en el frente. Alguien debió de darles una información errónea. O malintencionada. O benévola. Quién sabe.

Solía pensar que necesitaba tiempo, que el tiempo lo cura todo. Pero hay cosas que no dependen de él. Nunca he logrado perdonar a mi madre. Pero ya no tengo prisa. Puede que ni siquiera lo consiga en vida. Y no pasa nada. No es necesario hacerlo. No es necesario.

Cae la noche. La noche cae más lenta en el verano. No es que el sol se esconda más tarde, que sí, claro, pero no es eso. Es la sensación de que la luz tarda más en desaparecer del todo, como si el astro se moviera más despacio, perezoso, rezagado.

Si cierro los ojos, no veo el crepúsculo. Si me tapo los oídos, no oiré a las ranas y a los grillos. Si me pinzo la nariz, no me llegarán los aromas que las plantas desprenden al anochecer, mi piel no sentirá el fresco si me meto en casa; y a pesar de ello, sabría que está ocurriendo, que es la hora del ocaso. Con lo que siento por Yo me ocurre algo parecido: podría perder todos mis sentidos excepto ese. No me hace falta verla, oírla, olerla, probarla o tocarla. El amor puede alimentarse de mis sentidos, pero no perdura por ellos, no muere si le fallan. Ocurre cada día, independiente de mí, como sucede la puesta de sol.

Contemplo hoy todo aquello sin juzgar, y siento que es así el verdadero amor. Y por un momento me siento tranquilo, feliz y desligado al fin del resentimiento, de la ira, de los celos. Sin embargo, no soy capaz de sostener esa paz por mucho tiempo, porque hay días en los que es inútil dominar el deseo. Siempre vuelve. No obstante, sé que algo ha cambiado. He dejado de verla como mi pecado y mi penitencia, he dejado de pensar, como solía decirle, que sin ella me seco, ya no tengo ansiedad por tenerla, por poseerla, porque veo mi amor por Yo como un espacio entrelazado con un tiempo distinto, en el que los meses o los años no tienen significado alguno en la dimensión de lo que siento por ella.

Böcklin ha m

Böcklin ha muerto.

Ocurrió hace unos días, no sé cuántos, diez, quizá más.

Böcklin ha muerto. Me resultan cortantes esas palabras. El dolor se arremolina y se convierte en un vórtice envenenado que lanzaría si pudiese contra alguien, contra el mundo. Sin embargo, sé que si lo hago, si lo escribo, después me sentiré mejor; que sacar todo esto de mí será un paso hacia el perdón, la piedad, la asunción de las cosas que suceden en mi vida porque estoy vivo.

Qué vivo estaba mi lobo —ya no tengo miedo de decir «mi lobo», qué tontería haberlo tenido: no he sufrido, no sufro menos por haberlo evitado—, qué vivo estaba cuando llegó aquella tarde Marco. Como siempre, se lanzó a buscarlo hasta el camino. Vuelvo a ver ahora —ya siempre la veré— esa belleza suya corriendo, sus movimientos elegantes, su pelaje cada vez más largo y suave... Yo me quedé mirando desde el porche, balanceándome en la mecedora, adormilado por el calor, la digestión y la música de Händel. Con los ojos entreabiertos, los veía vagamente entre la hierba, tirados en el suelo. Böcklin parecía entretenido masticando algo y los cuervos gritaban estruendosos alrededor del lobo y del crío.

Cuando Marco, después de pasar aquí la tarde, se dirigió hacia el abeto para marcharse, Böcklin ya no le siguió. Permaneció tumbado, con la cabeza entre las patas y la mirada triste. Me preocupé enseguida. Nunca lo había visto decaído. Nunca. Intenté animarlo incitándolo al juego con mis palabras, con el hueso de tela, con una bolita de carne picada, con un poco de miel en el hocico... Fue inútil. Y se me rompe el alma recordando cómo lo intentaba, cómo parecía querer responder a todo aquello para no defraudarme. No hacía falta, querido Böcklin, no hacía falta; tú jamás me habrías decepcionado. Ni mordiéndome, ni aunque me hubieses devorado. Y aun así, respondiste a tu lealtad para conmigo hasta el último minuto; jamás mostraste tu fuerza a pesar de que mil veces te mostré mis debilidades. Quizá nadie nunca me quiera en esta vida como tú lo has hecho en estos meses. Nadie. Por eso, en cada vómito de espuma amarillenta, en cada hilo de diarrea, en las miradas profundas de tus ojos tristes que no perdieron intensidad, en las caricias que no dejé de darte durante toda la noche, en todos los actos de aquellas horas hubo más dolor, más devoción y más agradecimiento de los que jamás he sentido por nadie.

No pude hacer nada. Busqué el teléfono del viejo, que estaba apuntado en un papel bajo el aparato, y marqué los números con las manos temblorosas. Böcklin había empezado a convulsionar y mi mal presentimiento se convirtió en la certeza de que se iba. Aún era de noche, pero sabía que el abuelo entendería mi urgencia. Le pregunté por algún veterinario de la zona. Me dio el número de uno de su confianza, del que les atendía a ellos el ganado cuando lo tenían y que además vivía en el pueblo de al lado. No había otro más cercano. Probablemente olvidé darle las gracias. Colgué y llamé de inmediato a aquel hombre sensible y cordial que, cuando llegó, ya solo pudo mirarme con mucho respeto mientras veía mis lágrimas caer por la muerte de mi lobo.

Por qué, le pregunté incrédulo ante lo que acababa de ocurrir, qué le ha pasado. Por lo que me cuenta, dijo, los síntomas son de envenenamiento; tal vez algún raticida; ¿echa usted veneno para las ratas?

No, yo no echo veneno alguno, ni para ratas ni para nada; pero se me encendió una chispa que rápido produjo un verdadero incendio en mi cabeza. Recordé la llegada de Marco, el lobato masticando algo en el suelo, los cuervos graznando enloquecidos... Salí corriendo hacia el lugar donde había sucedido aquella escena y a unos metros, retenido por un matojo, había un papel de estraza, quizá aventado desde allí. Lo cogí, lo examiné, y sí, tenía algún resto de sangre seca. Estaba amaneciendo. La luz tocaba a muerto. La alondra cantaba al muerto. Y yo quería matar. No podía ya cambiar la vida de Böcklin por la del hijo de puta que había acabado con la suya —y en ese momento sentí que también con la mía—, pero yo tenía el deber de que, al menos, corriese la misma suerte que nosotros; tenía la obligación de procurar justicia.

Pagué y despedí al veterinario agradeciéndole de corazón su buen hacer, aunque no hubiera servido para nada. Fue una falta de cortesía no ofrecerle un café a esas horas, pero yo estaba impaciente por que se fuera y me dejara a solas con mi amargura, mi muerto, mi cólera y mi propósito. Cuando vi desaparecer su coche, fui directamente hacia el tomo de la Biblia. Lo abrí y cogí la pistola. Me aseguré de que estaba cargada, la coloqué en mi cinturón y la oculté con la camisa por fuera.

Marco se acababa de levantar, y tenía restos de leche en el labio superior. La abuela me lo sacó de la mano sin poner reparo alguno cuando le dije que necesitaba verlo, y ella se metió de nuevo en la casa. Qué le diste ayer a Böcklin, le pregunté gesticulando, procurando que me entendiera como fuese. Qué le diste, Marco, carne, quién te la dio, dime, el guardabosque, quién te lo puso en la mano. Le cogí por los hombros en un intento de que me mirase a los ojos y continué aquel inútil interrogatorio, cada vez más desquiciado. Quién, le zarandeé, quién demonios te dio aquello, Marco, escucha, dónde te lo dio, contesta, cuándo, por qué lo cogiste, por qué diablos se lo diste, dime, Marco, por qué se lo diste a mi lobo, maldito tarado.

Siento decir que no me arrepentí de tratarlo así en aquel momento. Ojalá pudiese escribir aquí que me retracté enseguida e intenté modificar mi conducta y reparar aquel agravio. Pero no fue así. Salí del jardín de Marco frustrado y terriblemente enfadado con él. No era capaz de racionalizar mi conducta, no podía excusar al crío, al menos no en ese momento, no hasta que hubiese dado con el culpable y me hubiese resarcido, porque en el caso de no ser así, seguía necesitando alguien a quien atribuir mi dolor, una figura a la que odiar por mi desdicha, aunque fuese un pobre inocente como ese niño. Así de injustos somos cuando nos duele algo. El dolor ajeno siempre nos parece menor. Con la dicha sucede al contrario.

Lo que vino después está bastante borroso. Recuerdo haber preguntado a un vecino por el guarda forestal, que dónde vivía. Recuerdo sus vagas indicaciones. Recuerdo haber llegado a la plaza, pistola en mano, y haber gritado llamándole, haberme desgañitado exigiéndole que saliese de donde estuviera escondido como la rata que era. Veo girar las casas alrededor, siento la cabeza a punto de explotar y mi índice ardiendo sobre el gatillo de la Colt. Es la hora en la que todo el mundo sale de su casa y se encamina hacia sus tareas, pero hoy no hay nadie. Algunas ventanas se cierran a toda prisa y se hace un silencio de plomo. Tiro al suelo la pistola y grito que es un hijo de la gran puta y que si es un hombre y no un maricón salga y se enfrente a mí, que lo voy a matar con mis propias manos, que por mucho que se encierre, tarde o temprano lo voy a matar.

Lo siguiente que recuerdo es la mano del viejo sobre mi hombro. Vamos, Escolta, vamos a mi casa, me dice. Lo ha envenenado, Coche, lo ha envenenado, me quejo yo con el alma rota.

Me dejó llorar en su comedor mientras me preparaba una infusión. La acercó hasta la mesa y me ofreció una píldora. Tómesela, le hará bien. Es un calmante, lo necesita. La tragué con un sorbo, abrasándome la garganta. Descanse, duerma un poco en el sofá y después le acompañaré a casa.

Dormí unas horas, y al despertar, por un instante, todo estaba bien. Durante tres o cuatro segundos todo era como antes, hasta que fui consciente de dónde estaba y por qué, y el dolor volvió de golpe.

El viejo se empeñó en que comiese algo, me hizo una sopa que apenas probé, y después me acompañó a casa. Cavé una tumba bajo el pino centenario y juntos enterramos a Böcklin, a mi pequeño Böcklin.

Al acabar, el abuelo volvió a posar su mano en mi hombro. Yo me acordé de Eurípides. El poeta griego dijo que cuando un hombre bueno está herido, todo hombre bueno sufre con él. Este hombre bueno, al sufrir conmigo, me hacía bueno a mí.

Cuando se fue, busqué la pistola. No la tenía. Supuse que la habría olvidado en el comedor de su casa. En realidad, no sabía qué había pasado con ella hasta que él se presentó la mañana siguiente, muy temprano, acompañando al guardabosque. El agente esperó dentro de su vehículo mientras el abuelo hablaba conmigo. No ha sido él, me dijo. Dice que nunca haría algo así, que una cosa es que no le gusten los lobos y otra muy distinta que sea un cobarde sin escrúpulos; que él respeta las leyes y que jamás cometería tal atrocidad con el animal de nadie y que, desde luego, intentará averiguar quién lo ha hecho. Créale, me pidió el viejo, no es un mal hombre, es solo un tipo con un cargo y todos nos reímos un poco de su pose de sheriff del oeste. Entonces dígame, le pregunté yo, quién ha podido ser. Debe de haber, contestó, al menos cuarenta posibilidades; es mejor que lo olvide.

Me habría gustado que hubiese sido él, que me hubiera dado la oportunidad de desahogarme, de redimirme. Quizá no lo hubiese matado, pero le habría dado una paliza de muerte. Sin embargo, creí en la palabra del abuelo y le dije que se fueran tranquilos, que podía responder al agente que no temiese, que no iría contra él. Solo en ese momento, el viejo sacó mi pistola de su bolsillo y me preguntó si podía confiar en mí para devolvérmela. Claro, le contesté; cogí el arma y al hacerlo me di cuenta, por el peso, de que estaba descargada. Es listo el abuelo. Es un buen amigo el abuelo.

Se montó en el vehículo, habló con el guardabosque y este se bajó un momento para hacerme, desde allí, un saludo descubriéndose la cabeza. Me quedé en el porche viendo alejarse el coche, y entonces reparé en Marco, parado, rígido, junto al abeto de las tres vueltas. Le grité que se fuera, que se largase a su casa, y yo me metí dentro de la mía durante el resto de la jornada.

Cómo dolía (sigue doliendo mucho el recuerdo de ese dolor) ver sus cosas, la manta sobre la que se tumbaba caliente y seguro frente al fuego durante el invierno, los juguetes que hice para él, su carne cruda en la nevera, sus pelos pegados a la tapicería de mi sillón, sus huellas de lobo en la madera del suelo, su olor, sus jadeos, su presencia continua junto a mí, su olor, su olor por todas partes. Sentía mi corazón como mordido por el hielo. Sí, esa es una buena forma de describirlo. Mordidos por el hielo: así llamábamos a los que perdían los dedos de los pies o de las manos después de días bajo la nieve en aquella estúpida guerra. Yo notaba un frío ardiente en el pecho, y la seguridad de que, al igual que aquellos desdichados, iba a sentir durante mucho tiempo una aurícula o un ventrículo fantasma.

Había oscurecido ya cuando abrí la puerta para tomar un poco de aire fresco, pues me sentía mareado. En algún momento de esa tarde, Olivia subió hasta aquí y había dejado, en el más considerado silencio, una cesta con albaricoques, queso fresco, tabaco y la revista que suelo comprar en el estanco. Pensé en ella, en sus ojos transparentes, en su sonrisa franca, en el cuidado que desprendía aquel presente, cada detalle; en su ternura y ese respeto por el dolor, como un forense que anestesiara a un cadáver. Y en medio de todo aquel amargor, de repente desparecieron las náuseas y sentí ganas de abrazarla, y pensé que tal vez, por qué no —apenas me atrevo a nombrarlo—, era amor (de algún tipo, no lo sé, pero qué sentido tiene llamarlo de otra forma) por esa mujer.

Me levanté temprano tras pocas horas de sueño. El día amaneció con un cielo cubierto de nubes. A media mañana oscureció de pronto y empezaron a caer las primeras gotas de septiembre. Entonces oí ruidos en el porche y, pensando que podía ser Olivia, o tal vez el viejo, me pasé los dedos por el pelo, atusé un poco mi barba y me apresuré a abrir.

Era Böcklin.

Era mi lobo, desenterrado y ofrecido, en la puerta de mi casa, por el pequeño Marco. El crío estaba detrás, a dos metros, arrodillado en el primer escalón. La lluvia le estaba cayendo encima y tenía la ropa sucia de barro y las manos llenas de tierra y de sangre. Miraba con sus ojos muertos los ojos muertos del animal muerto, con el pelaje muerto y manchado, irreversiblemente manchado de muerte.

Rodeé a Böcklin —como aquella vez aparté a su madre para acceder a él— y cogí en mis brazos al pequeño Marco. Me senté en la mecedora y él se dejó hacer, se dejó mecer en mi regazo, se dejó acariciar el pelo sucio hasta que sus miembros tensos se fueron relajando y acabó por quedarse dormido apoyado en mi pecho, mi pecho de escolta, mientras la lluvia amainaba.

La guerra, el sanatorio, la pérdida de mi mujer... El miedo por tu vida, la falta de libertad, el dolor profundo por un amor malogrado o la muerte del ser querido...; esas son las cosas realmente intensas que vive una persona. El resto es entretenimiento. Yo ya he pasado por todo eso. No creo en la reencarnación. Desde luego, si acaso existe, espero que nadie tenga la feliz idea o el atroz descuido de concebirme. De cualquier manera, es mucho más probable que la misión sea perfeccionar la existencia a base de morir en esta vida una y otra vez.

Bah, nada tiene más sentido que el que queremos darle, que el que necesitamos darle. En realidad, solo sigo aquí por el rechazo natural a la muerte.

Sí, lo sé. La pérdida se hace insoportable porque nos hemos acostumbrado a retener. Cosas, personas, animales.

Lo sé, lo sé. Debo dejar de resistirme; abandonarme a lo que quiera venir, la locura, la muerte, lo que sea. Y entonces llegará de nuevo la calma.

También sé que no es necesario dar solución a nada, que mi situación no es ningún problema a resolver.

Estoy cansado, Olivia, le he dicho hoy; he pasado por demasiadas cosas. Entonces, amigo mío, me ha respondido ella, lo que has hecho mal es retenerlas. Queremos tener muchas vivencias, pero después necesitamos olvidar la mayor parte de ellas. Todo está en tu memoria y es inevitable, pero no hay que empeñarse en recordar lo que provoca temores; nos quedaríamos congelados a media vida sin atrevernos a dar un paso. Eso ha dicho Olivia.

Deseaba que se quedase a cenar. No ha querido. Hoy no; pero ha prometido volver pasado mañana y, si no hay mucho ajetreo, no abrirá la tienda por la tarde y se quedará conmigo y daremos un paseo hasta el charco de la cascada, por ejemplo, porque me vendrá bien. Eso ha dicho Olivia.

Esta mañana ha llamado el viejo a la puerta. Casi nunca viene con las manos vacías. Hoy traía una maceta con una planta aromática. Eche usted unas hojas a la ensalada y verá qué cosa más rica, dijo. Conozco esa hierba. La esposa de un compañero me enseñó a hacer esa deliciosa salsa verde con piñones y queso para aliñar la pasta. Me aseguró que si alguna vez la cocinaba yo para alguna chica, esta caería rendida a mis pies. Hace mucho tiempo de aquello.

Me ha contado que se va. Estará fuera unos días, tal vez un mes si va bien la cosa. El hijo le ha invitado a pasar un tiempo en su casa. El viaje es largo y está un poco asustado, pero se le ve muy feliz con la idea de encontrarse de nuevo con su nieto. Estoy contento por él, aunque sé que le echaré de menos, más aún en estos momentos. Me ha preguntado si yo estaré bien, el bueno del viejo. Claro que sí, querido amigo, le he dicho forzando una sonrisa, y para cuando vuelva tendré un buen cesto de castañas para comerlas frente a la lumbre.

No me apetecía salir a pasear. Esa es la verdad.

Me había levantado decaído, perezoso y con dolor de cabeza. Quería ver a Olivia, pero habría preferido que nos quedásemos y pasáramos la tarde en el porche tomando algo y, tal vez, lamentándome por mi cruel destino, buscando consuelo en sus palabras.

¿Sabes?, me dijo, hacer siempre lo que apetece es un error: el buen talante no asegura la diversión, ni las sorpresas se dan cuando se esperan.

No pude discutir esa gran verdad. Nos pusimos en camino y no hubo más que hablar. De hecho, no hemos hablado mucho durante la caminata.

Los saltamontes brincaban a nuestro paso, y ha sido un placer ir deambulando por el bosque juntos y separados al mismo tiempo. Solos y en compañía. Ella se ha desviado varias veces para examinar diferentes flores que le han llamado la atención, y yo me he detenido a escuchar e intentar localizar la procedencia de algunos cantos de aves. También he observado, cuando me daba la espalda, los destellos de luz sobre los mechones que escapaban del recogido de su pelo claro. Y sus curvas, eso también, por qué no decirlo. Tiene una figura rotunda, muy femenina, y ese vestido estampado y ajustado a la cintura hace destacar sus formas, unas formas que me han resultado atractivas. Me he sorprendido a mí mismo teniendo ese tipo de pensamientos.

Hemos descansado sentados frente al charco, mirando el arcoíris que forma el agua pulverizada por el golpe sobre las rocas. No ha habido palabras. En el ruido de un arroyo pueden escucharse todos los sonidos del mundo; en las telarañas prendidas de junco a junco, toda la belleza del universo. Le he ofrecido un cigarrillo, aunque sé que no fuma. Lo ha cogido con una sonrisa y ha dado algunas caladas sin tragarse el humo. Luego lo ha apagado con agua y ha enterrado la colilla en la arena de la riba.

En el paseo de vuelta, no he podido evitar pararme varias veces simulando curiosidad por alguna cosa, con la sola intención de verla caminar delante de mí. Lo hacía y no daba crédito a estar haciéndolo, a estar sintiendo esa pulsión tan imprevista y, sobre todo, tan imperiosa para tener tal comportamiento. Me ha resultado turbador ser consciente de mi animalidad, comprobar que, incluso en días aciagos como los que estoy pasando, mi carne ha respondido al apetito por otra carne, carne además tan distinta a la de mi... a la de Yo.

Casi ha supuesto un alivio llegar por fin y ver a Marco balanceándose en el columpio. Le he dado una Coca-Cola al crío y nosotros hemos tomado una copa de vino. Marco se fue de repente, con su paso marcial, llevándose la botella, y al poco, Olivia dijo que tenía que irse. La acompañé hasta su furgoneta, montó y bajó la ventanilla para despedirse. Yo le di las gracias por su amistad y sus atenciones, y le he dicho un Hasta mañana lleno de esperanza de que realmente así sea.

Hoy no sé qué escribir aquí. Y quizá no sea este un mal comienzo. Estoy algo confuso y desconcentrado. Me resulta difícil mantener un hilo racional de pensamiento. Me siento como un parásito, sin apenas cerebro, del árbol donde apoyo mi espalda. Simplemente me alimento de su sombra.

Las imágenes suceden en mi cabeza una tras otra. Las dejo. Una bandada de pájaros sobrevolando las copas.

La vibración del vino en el vaso. Ondas.

La velocidad de la lluvia.

El batir de las alas de una lechuza.

Aquella cálida tarde abrileña.

Los reflejos de los sauces en la superficie del río truchero.

El viejo recogiendo sus plantas medicinales.

Su cojera.

Una lagartija se mueve bajo el mantillo del bosque.

El canto de los pájaros en pleno cortejo.

Las mejillas curtidas de Marco.

Mariposas revoloteando, avispas que zumban alrededor de mi almuerzo.

La lengua de Böcklin, saliendo y entrando de su boca como a cámara lenta, recogiendo el agua del manantial.

Dientes de león y violetas.

Violetas en el vestido de Olivia. Yo he visto antes ese vestido. En alguna parte. Sí, moviéndose hacia el fregadero. (Pero no, esto no ha pasado).

El olor de esas flores. Recuerdo el aroma de esas flores.

El movimiento pausado de las motas doradas de polvo, vistas desde mi cama. Los destellos del pelo suelto de Olivia en mi cama. (Tampoco ha ocurrido tal cosa).

Las manos maduras de Olivia pelando unas patatas. Eso también lo he visto aunque no haya tenido nunca lugar.

Sus caderas. Mis ganas.

Mis ganas de Olivia.

Las ganas de Olivia del Escolta.

Echo de menos al viejo. Hoy me ha dado por pensar en la posibilidad de que no vuelva. Podría quedarse a vivir cerca de su nieto, o incluso morirse. A su edad es algo que puede suceder con cierta facilidad.

Es por lo del crío. Por lo de Marco.

Me lo dijo Olivia con mucho tacto, pues sabía que no me iba a gustar la noticia. Dentro de dos semanas, los servicios sociales se lo van a llevar a un colegio especializado en este tipo de niños. No estará lejos. Es en la ciudad. Podré ir a verle a menudo, cuando yo quiera —me ha dicho la trabajadora social—, pero la situación con su abuela ya es insostenible, y no, lamentablemente no puede quedarse conmigo. Me entrevisté con ella en cuanto pude para buscar algún otro remedio, pues lo del internado me pareció en principio la peor de las decisiones para un niño tan libre como Marco. Me explicó su tesitura. Con el padre no se puede contar porque en estos momentos tiene lo que se merece: está solo, arruinado y enfermo; y aseguró que aunque no fuese así, ese hombre sería una pésima opción, como lo habrá sido para el crío que tuvo, poco después de lo de Marco, con el fin de contentar a su esposa.

Me gusta esta mujer. Me gusta cualquier persona que se involucra en su trabajo, que no puede reprimir la náusea ante lo que le revuelve las tripas, gente que se endurece justo lo necesario para ayudar pero que no está de vuelta de todo, que sigue juzgando lo deshonesto como tal, llamando a las cosas por su nombre y destapando al indecente sin remilgos. Porque la gente debe saber con quién trata. Porque no todo vale ni todo puede perdonarse.

Todos tenemos derecho a equivocarnos, pero también debemos ser conscientes de que hay cosas irreparables y personas con las que estaremos ya para siempre en deuda.

Quédese tranquilo, dijo, el colegio está muy bien y hay magníficos profesionales para atender a niños de esta clase. Me ha explicado que Marco no es subnormal, que creen que su retraso es sobre todo fruto del trauma y la desatención, y que con una educación especial puede tener el día de mañana una vida independiente, incluso llegar a sorprendernos con sus logros. Ella, por su parte, arreglará todo para que pueda venir en vacaciones y algunos fines de semana, y quedarse conmigo o en casa de su abuela bajo mi supervisión. Bien, le he respondido tristemente conforme, seré su escolta. Me ha dado la mano y ha prometido que estaremos en contacto.

Le extrañaré mucho cuando no esté. Más aún que hoy al abuelo. Pasamos la vida echando de menos, incluso antes de que suceda la ausencia, porque sabemos que todo se nos puede arrebatar.

¿Me echarían de menos estos bosques, los árboles, los cuervos, las liebres, las ardillas... si yo me fuera? Creo que, de alguna forma, sí. No sería perceptible su cambio, como no lo sería en mí, pero si yo me marchara llevaría todo esto en mi espíritu, en una parte de él, pues otra parte habría quedado en este bosque para siempre.

No sé adónde me llevará la vida. Lo único que tengo claro a estas alturas es que no hay por qué llegar a ningún sitio antes de morir. No hay obligación de vivir la vida que pensé vivir. No existe tal pérdida. O sentir esa pérdida es absurdo; es creer que me pediré cuentas a mí mismo. Cuando esté muerto no pensaré: Debería haber hecho esto o lo otro, o por qué me comporté de tal o cual forma. No. Nadie me juzgará, y mucho menos yo. Sin embargo, tal vez la idea de mortalidad, la muerte —que es lo único cierto— sea la que me impulsa. Y si es así, si el motor es la conciencia de eso, estoy en lo cierto: no hay un punto correcto al que deba dirigirme.

Le he contado a Olivia qué es lo que me trajo hasta aquí. No he entrado en muchos detalles —aún—, pero sí le he confesado que fue la desesperación, el daño y la culpa. Quería mortificarme por todos los pecados, los propios y los ajenos, abrir mi caja de pandora y, con un poco de suerte, no soportar el dolor. Pues bien, resulta que a veces sucede que vas a recoger tu cosecha de tempestades y se la ha llevado el viento que sembraste.

Me encuentro con ella a diario. Ya es inevitable. No puedo pasar un día sin verla. Se me antojan cosas que comprar, o incluso me invento excusas para bajar al pueblo, como que estoy esperando una carta importante estos días, o que a ver si el del estanco ha traído por fin una revista que le encargué. Siempre espero a que cierre para invitarla a un vino rosado y le propongo planes que unas veces acepta y otras no.

Ayer fue sábado; vino a comer y pasó la tarde conmigo. Le enseñé a hacer pan tal como me enseñó el viejo a mí. Mientras lo hacía, recordé sus palabras. Amase suave, dijo, como si fueran las carnes de una mujer. En ese momento, con ella tan cerca, sentí una descarga y tuve que separarme un poco por temor a que le llegase el fogonazo que desprendió mi cuerpo.

Le pregunté, para desviar la atención, por la fallecida esposa del abuelo. Me habló muy bien de ella, de su bondad y de su afamada tarta de calabaza, con la que, tal vez, tengo el dudoso honor de haber sido el último en agasajar. Estaba contenta y charlatana, y me contó, con esa bonita forma suya de hablar, un montón de anécdotas de vecinos que, durante casi un año ya, yo no había hecho el más mínimo esfuerzo por conocer. De vez en cuando yo perdía la concentración y solo escuchaba su voz cantarina, sin lograr poner atención a lo que decía. Imagino cómo sería una vida compartida; reunirnos con gente de mirada limpia, fuesen o no amigos, y mientras saboreásemos un buen vino, contarles nuestras anécdotas entre los dos: las suyas, las mías y las vividas en común. Ese tipo de cosas que hacen las parejas con buena armonía, que convierten en propias las vivencias de la persona querida.

A la hora de cenar, freímos unos huevos para mojar el pan caliente, y ella, juguetona, rompió las yemas de los míos. Si me lo haces tú, te mato, me advirtió con el cuchillo en la mano. Me habría levantado en ese momento para besarla.

Hoy es domingo y anoche había logrado convencerla para comer de nuevo en mi casa. Iba a atreverme a preparar unos tallarines con las hojas de la planta que me trajo el viejo, pero ha llamado excusándose. No, no es nada grave, ha dicho, es solo la menstruación, pero no me encuentro bien. He caído en la cuenta de que no sé su edad. Nunca me ha parecido que hubiese demasiada diferencia entre nosotros, pero ella tal vez piense que es joven para mí. Quizá no pueda acceder a Olivia como hombre.

La expectación es la nada llena de posibilidades.

Dice Olivia que el motivo de los desvelos es empeñarse en recordar hasta las pesadillas. Y ella se ha convertido en una de esas
sacudidas que te despiertan de un mal sueño. Aparece en él y lo
revienta diciendo locuras como Vamos, es domingo y llueve flores en el bosque, o Eh, mira, es verano y está nevando.

Los principios siempre tienen cierta magia: te hacen volver a
confiar. He leído algunas páginas atrás en este cuaderno para ver
si dejé aquí testimonio de la primera vez que sentí «algo» por
Olivia. Tal vez fuese antes de lo que pienso y, no sé, tengo la
curiosa necesidad de ponerle un punto de partida; decir: Aquí,
justo este día comenzó esto. Sin embargo, enseguida me he
dado cuenta de que no voy fechando mis escritos, así que..., qué
más da.

Al principio es el instinto. El instinto crea el sentimiento.
Por Yo sentí una atracción sexual muy intensa; el amor vino algo
después. Por Olivia tengo un sentimiento de ternura desde que
empecé a conocerla, y la idea y las ganas de su cuerpo han llegado más tarde. Tal vez esa ternura fuese amor, y tal vez el amor
sea también un instinto tan genuino como el deseo carnal.

Imagino a menudo que poseo su cuerpo, me pienso penetrando un cuerpo tan distinto con un amor tan diferente. Me excita. Y es algo verdaderamente físico. No sé si es la novedad o es que el deseo puede cambiar sus preferencias. Es un misterio cómo nacen algunas pulsiones en nosotros.

Me pregunto qué pensará ella. En realidad no necesito saber lo que siente exactamente por mí. Solo necesito que me vea, que roce mi mano con afecto, que me sonría con dulzura cuando le entrego una orquídea salvaje o me sacuda la espalda llena de pajitas. No es preciso saber si me ama y en qué medida. No me hace falta conocer tampoco lo que siento yo, ni quiero preguntármelo a mí mismo cada día. Y aun así, se lo diré. Le diré que la amo si con eso nos hacemos más felices. Y puedo jurar que no habrá nunca un amor tan sincero.

Se ha presentado un viento inestable, un aire que no sabe hacia dónde tirar y se arremolina frente a mi casa levantando polvareda y briznas secas. Todo está bañado por esa extraña claridad de finales de verano, esa rara luz tamizada por nubes oscuras. Se avecina una tormenta.

Me gustaría tenerla aquí, pasar la noche con ella, haciéndole el amor con la lluvia de fondo; dejar las cortinas abiertas para ver su cuerpo, sus ojos grises a la luz azul de los relámpagos. Pero de momento solo la he besado. Un beso espontáneo y perfecto, en sus labios carnosos, con sabor a café y olor a crema de albaricoque.

Me pregunto si merezco su inocencia, si soy digno de su ternura.

Iré despacio. Muy despacio. En principio no me ha rechazado, pero no sé hasta dónde puedo llegar. Y esa expectación me llena y me vacía.

El teléfono me lo anunció dos días antes. Hubo tres llamadas, de tres señales cada una. Era nuestra contraseña. Una llamada de tres tonos era decir: Pienso en ti, te echo de menos, te amo. Dios mío..., fueron tantas... Tantas...

Llegábamos de pasar un bonito día de pesca, Olivia y yo. Íbamos bromeando. Ella me decía que yo nunca pescaría nada y que tal vez se me diera mejor cazar osos. Yo le replicaba que su hermosa trucha había picado solo porque quería suicidarse, y que no tenía mérito alguno. Nuestra intención era tomar un vino, cenar algo y quizá, aprovechando el día tan despejado que hacía, se quedase un rato por la noche para ver las estrellas. Pero había otro coche junto a su furgoneta. Y en el porche de mi casa, tras la barandilla de madera, una mujer fumando. Era Yo. Mi Yo.

Paré en seco. Me quedé petrificado, sin dar crédito a lo que estaba viendo. No era capaz de reaccionar, no sabía cómo actuar, qué decir, cómo sentirme. Olivia paró también al darse cuenta de que yo no seguía caminando a su lado; se volvió, me miró sorprendida y me preguntó quién era, si la conocía. Le respondí que sí, que era mi mujer. Entonces ella se despidió precipitadamente y aceleró el paso hacia su coche. Yo dejé que se fuera. Me resultó imposible superar la conmoción en ese momento. Estaba viendo una imagen soñada durante meses. Mi mujer, mi Yo, el amor de mi vida en esta cabaña.

¿Es esta la casa que sonríe?, me preguntó. No lo sé, respondí temblando, dímelo tú.

Seguía teniendo esa chispa de estrella en sus ojos. Se acercó a mí y, como imanes de polos opuestos, nos pegamos rápidamente el uno al otro, sin más.

Nos besamos. Volví a tener en mi boca esos labios tan amados, tan ansiados, tan extrañados. Ella también temblaba. Nos miramos a los ojos, volvimos a besarnos. Había mucho que decir, demasiadas cosas que contar, tanto por explicar... Y a pesar de todo, nada era tan apremiante como sentir nuestros cuerpos de nuevo. En un minuto volvimos a estar locos el uno por el otro. En dos minutos, la pasión nos llevó adentro, nos puso contra la pared, encima de la mesa, sobre la cama.

Estos días he estado leyendo un libro que compré poco antes de venir aquí. Es de Kundera. *La broma*, se titula. En uno de sus pasajes dice que el destino, con frecuencia, termina antes que la muerte. Pensaba que yo era uno de ellos, que mi destino había acabado y que ya solo sería cuestión de dejarse llevar suavemente hasta el final, sin resistencia, o bien terminar con todo rápido y de una vez. Pero apareció Böcklin para darme una tregua que todavía dura aunque él haya desaparecido; el viejo llegó para hacerme creer de nuevo en las personas; vino Marco, devolviéndome la ternura, y Olivia me ha hecho ver la importancia del cuidado, de la delicadeza, de la generosidad... Ahora, además, está aquí Yo, la mujer de la que he estado siempre enamorado. No le fue difícil averiguar dónde estaba —la red de esposas del Ejército funciona de maravilla—, pero ha hecho un largo y complicado viaje para llegar hasta mí, y me dice que quiere quedarse, que lo único que desea es estar conmigo. Creo que, con mucha más frecuencia, el destino no termina hasta el último estertor.

En este momento ella duerme sobre mi almohada, y como si no hubiese pasado el tiempo, como si nada hubiera perturbado nuestras vidas, despertará, seda, salvaje, aún sin contaminar por las horas sobrias, deseándome y sabiéndose deseada, sin memoria más allá del último beso de anoche. Y sin embargo, no me apetece, como había soñado, cortar flores para ella y llevárselas a la cama junto al desayuno.

Algo ha cambiado profundamente en mí.

Sí, Yo es una mujer muy especial. Pero en realidad todos lo somos y es absurdo limitar la propia felicidad basándola en preferencias. Se puede amar sin esfuerzo a las personas que te atraen desde el primer minuto como un imán; sin embargo, ese amor no tiene por qué ser mejor ni hacerte más dichoso. A veces, aprender a valorar, fijarse en alguna cosa que no te convence por instinto y decidir compensarlo, de manera consciente, con otra que sí, hace que sea algo que consideras mucho más tuyo, un sentimiento labrado con tus propias emociones y, por tanto, más apreciado.

Creo que Yo nunca sabrá lo que eso significa. No hay nada que reprima sus pulsiones, ni siquiera el amor. Es irresponsable, demasiado visceral y excesivamente egoísta. No tiene la suficiente capacidad para crear algo así. No puede darme lo que yo ahora necesito. Ser libre. Eso es lo que deseo. Amar y ser libre. Un amor que me haga libre. Y solo se es libre cuando no se teme traición alguna.

Me gustaría amar a una persona honrada con la que siempre pueda contar, porque ahora soy capaz de apreciar esa belleza que da la honestidad, la prudencia, lo decente, lo íntegro.

Pero la miro desde aquí, acostada boca abajo... veo su pelo revuelto, su precioso pie fuera de las sábanas, y tal vez... podría. Tal vez debería intentarlo.

Voy a preparar café.

Marco no se había acercado a la casa desde que vio a Yo de lejos. Durante estos dos días pasados ha llegado hasta su abeto, ha dado tres vueltas y se ha largado totalmente ajeno a mis llamadas. Pero hoy, a media tarde, Yo me sedujo y me arrastró a la cama. Le hice el amor de una manera extraña, dura, salvaje, en un intento rabioso y desesperado de ajustar unas cuentas que en realidad nunca podrán saldarse; y cuando me encontraba a punto de arder en el infierno de la cólera, al levantar mi cabeza, he visto al crío con su nariz pegada al cristal de la ventana. La visión duró solo un instante antes de desaparecer, pero sé que ha sido real, pues me incorporé rápido y, cubierto torpemente con la sábana, corrí afuera y lo llamé. Lo llamé, obstinado, a sabiendas de que era inútil.

No sé el tiempo que llevaría allí, qué es lo que ha visto ni qué es lo que puede haber interpretado. Pero en un par de días estará en la ciudad y yo no puedo soportar la idea de que se vaya con esa imagen. Necesito decirle que no le estaba haciendo daño. Eso es todo. Que entienda que no soy un monstruo. Es todo cuanto necesito que comprenda.

No. Eso no es todo. También siento una absurda necesidad de pedirle perdón.

Y ahora, justo mientras escribo estas letras, encuentro el porqué. No es a él en concreto a quien debo una disculpa ni es por la fiereza del acto; es porque estoy violentando mi nueva forma de vida.

Amanece. Llovizna.
Canta un pájaro. Solo uno.

Tan solo un pájaro es capaz de despertar al mundo.

Querida Yo:

Con el alba te irás. Te acompañaré en ese coche alquilado hasta la ciudad para que cojas un avión hacia tu casa. Tu intención es cerrar correctamente las cosas y volver aquí, conmigo. O al menos eso me has dicho. Voy a hacer algo que me romperá el corazón otra vez, pero con la esperanza de que sea por fin la última.

Mañana, en la despedida, te daré estos tres cuadernos y te pediré, por favor, que los leas detenidamente durante los próximos días en los que estés en tu hogar, en tu vida, mientras la criada limpia, el jardinero poda los rosales y lleva flores frescas a tu escritorio, entre llamada y llamada de tu hija desde el extranjero, después de que salgas a comprarte un equipo de jerséis de lana para pasar aquí el invierno —espero que puedas devolverlos— y, sobre todo, antes de que hables con tu marido.

Porque no quiero que regreses.

Lo nuestro podría haber sido de otra forma, Yo. Debería haber ocurrido de un modo distinto. Pero tú, la que iba a ser mi mujer, la diosa que me había puesto en la misma línea de entrada al paraíso, finalmente elegiste solo para ti y me condenaste a mí a seguir ahí, al borde, a intentar conformarme con calderilla de amores, de vida, de existencia. Ahora quiero, necesito que sepas por lo que pasé entonces, pues creo que ni lo sospechas.

Durante mucho tiempo observé tus objetos, recordé tus palabras... Procurar no pensar en ti no servía de nada. Hacerlo hasta romperme de dolor no lo agotaba. Sin ti, era como si mi cuerpo me estuviese pequeño, porque sentía un vacío interno que se iba llenando hasta explotar, y entonces la carne saltaba por los aires, y se llenaba todo de sangre y vísceras, y manchaba a personas que no tenían la culpa, que no era su vacío ni lo habían alimentado.

Me recuerdo paseando bajo la lluvia, pensando en ti, evocando aquel primer encuentro contigo. Persistía en esa imagen, una y otra vez, como un estúpido, sin acabar de asumirlo. Todo era inútil y descabellado.

Llegó un momento en el que tu recuerdo, esa parte de mí que estaba muerta, caminaba conmigo, cocinaba conmigo, soñaba conmigo. La dejaba estar. Y aunque sabía que era solo esa parte, ese espectro, y que los espectros no matan, sí que acechan, y ese acecho es terrible.

¿Pasaste tú acaso por eso? ¿Sufriste esa terrible enfermedad?

Pero no quiero ser injusto. No ha sido solo culpa tuya. Me he sentido siempre un intruso en el mundo, como si no tuviera derecho a estar en él. Mi madre hizo que yo me viese de esa forma y nunca había dejado de sentirme así. Únicamente ahora, aquí, tengo por fin una impresión diferente. Aún me palpita el deseo de vida, y todavía me queda algo de valentía y de inteligencia para priorizar.

Valentía e inteligencia. Esas son las claves. Quizá de todo en la vida, mi querida Yo.

Esta vez elegiré. Voy a ser muy sincero: quiero amar a esa mujer; sí, la que llegó conmigo el otro día. Aún no la amo, ni siquiera la conozco lo bastante, pero estoy decidido a intentarlo. En tu línea de suficiencia no me has preguntado su nombre, aunque puede que ni siquiera la vieses porque es parte de este bosque, se funde con él. Tú, en cambio, resultas aquí algo ajeno, artificial, como encontrar una caja bomba bajo un árbol. Si no resistiese la tentación de abrirla, explotaría todo esto, lo reventarías todo.

Perdóname si sueno rencoroso y estas palabras te parecen crueles; tan solo pretendo que conozcas lo que siento. Sé que verás incongruente todo esto después de los días que hemos pasado juntos, y es que contigo no puedo evitar que me arrastre la pasión; sin embargo, tal vez lo he confundido durante años con el amor. Creo que ambos nos equivocamos; por un tiempo tú también. De hecho, estoy convencido de que lo estás confundiendo ahora, y la confusión te durará un tiempo, solo hasta que hayas descansado de tu propia dicha, porque lo sé, mi Yo: sé que me buscas cuando no puedes soportar un día más de felicidad.

Y es que da igual lo adultos que seamos: entre nosotros siempre habrá violencia. Ahora siento que he tenido bastante de eso. Ya no estoy en guerra, ni conmigo ni con nadie. He aprendido que las relaciones no se sostienen con arrebatos; se alimentan de cosas sencillas y tranquilas, como hacer pan juntos y mojarlo en la misma yema de huevo; y que el deseo puede nacer del amor, pero el tipo de amor que yo necesito en este momento no puede partir del deseo. Por eso ya no entiendo al hombre que estuvo contigo. Comprendo que te adorase, que lo volvieses loco, no hay más que mirarte; y sin embargo, te veo y aunque la mujer que eres hoy posee exactamente lo mismo que la que me enamoró, ahora encuentro que ni siquiera todas esas razones son suficientes.

Te recordaré, Yo; sé que volveré a imaginarte conmigo y a creer que sigo amándote con intensidad. Me arrepentiré de esto que hago ahora y lloraré por ello. Pero al final seré capaz de volver a pensar con claridad y comprender que eso sucede simplemente porque no estás, que el deseo por ti no lo es todo, que hay cosas que pueden hacerme más feliz, mejor persona, ser un hombre honesto, conmigo mismo, contigo, y también con la gente que está a nuestro lado.

Yo, mi querida Yo, me despido de ti como lo habría hecho de Böcklin en su momento: dejándote libre, más de lo que eres, de lo que siempre fuiste, pues ya no debes cargar con mi ambición de tenerte conmigo. Los dos estaréis siempre porque siempre os habré tenido.

EL ESCOLTA

P. D.: Como habrás leído en esta especie de diario, durante este tiempo he ido quemando páginas de distintos libros, muchas más de las que dejo constancia. Las arrancaba sin pena, con rabia, y les prendía fuego con total determinación. Me he deshecho —precisamente— de los pasajes que una vez me dieron aliento; de los párrafos que, ahora lo entiendo, hicieron que llegara hasta aquí. Ya no los necesito. Hoy me desprendo también de estos cuadernos y, quizá un día, quién sabe, tú quemes alguna hoja que te haya llevado a un lugar en el que quieras quedarte.

Índice